억불산 며느리바위의 전설

며느리바위올라가는계단1

며느리바위올라가는계단2

며느리바위올라가는계단3

억불산 며느리바위

억불산 며느리바위

안수원 장편소설

백제의 胎動 첫째 마당

억불산 며느리바위의 전설

백제의 胎動 첫째 마당
억불산 며느리바위의 전설

초판 인쇄 2016년 12월 21일
초판 발행 2016년 12월 26일

지은이 안수원
펴낸이 이재욱
펴낸곳 ㈜새로운사람들
디자인 빌리언
마케팅·관리 김종림

ⓒ안수원, 2016

등록일 1994년 10월 27일
등록번호 제2-1825호
주소 서울 도봉구 덕릉로 54가길 25
전화 02)2237-3301, 02)2237-3316
팩스 02)2237-3389/
이메일 ssbooks@chol.com
홈페이지 http://www.ssbooks.biz

ISBN 978-89-8120-542-3(03810)

전설과 소설

필자를 이 세상에 보내신 이의 주관하심은 어디까지일까?

도무지 알 수가 없다. 단지 나는 내가 설명할 수 없는 이의 주관하심에 의하여 이 일을 계속 행하고 있는 것은 아닌지 의미심장(意味深長)한 물음[?]을 던져볼 뿐이다.

천관녀가 누구인지 알 수 없었던 어린 시절에 천관녀가 천관산에 살았다는 전설, 꿈결처럼 전래되어 미풍을 타고 내 귀에까지 들려졌던 전설의 이어짐이 1500년 세월이 지난 후 필자의 손에 의해 소설로 정리되기에 이른다.

운명은 이렇게 예기치 않는 곳에서 새로운 이야기로 역사에 등장한다. 우리나라에 전래되어온 전설은 대부분 권선징악(勸善懲惡)을 풍자하고 있다. 그런데 장흥 억불산의 며느리바위에 얽힌 전설은 전혀 다른 이야기다.

주인공인 착한 며느리가 등에 업고 있는 아기와 함께 바위가 되어 버렸다. 억불산 며느리바위의 전설을 소재와 주제로 삼아 소설을 쓰고 있는 필자로서는 참담하기 이를 데 없는 난제였다. 왜 착한 며느리는 자식과 함께 바위가 되어야만 했을까?

스님에게 공양을 한 착한 며느리는 악독한 시아버지가 안타깝게 부르짖는 소리를 듣고 신신당부(申申當付)하던 스님의 충고를 잊은 채 뒤돌아봄으로써 결국 자식과 함께 바위가 되고 말았다는 전설의 의미는 무엇일까?

거기에다 하필이면 왜 이 시점에서 필자는 이 전설에 사로잡혀 소설을 쓰겠다고 나서게 되었을까? 필자보다 더 훌륭한 작가들이 여럿 배출된 장흥에서 천관산에 얽힌 '천관녀'와 억불산의 '며느리바위'라는 두 전설은 왜 현실화되지 못한 채 지금까지 방치되다 필자와 인연이 닿아 스토리텔링(storytelling)으로 이어진 것일까?

며느리바위에 대한 전설을 소설로 완성하여 출판사에 인쇄를 의뢰하고 머리글을 쓰는 이 시점까지도 풀리지 않는 의문은 여전하다.

왜 착한 며느리가 행복하게 살지 못하고 간난아이인 자식과 함께 바위가 되는 비극을 맞이했을까? 권선징악을 대표하는 장화홍련전이나 춘향전, 심청전은 모두 착한 이들이 우여곡절을 겪지만 해피엔딩(happy ending)으로 이야기의 끝을 맺고 있다.

그런데 며느리바위의 전설은 이와는 대조적(對照的)이다. 착한 며느리는 악독한 시아버지의 부르짖음에 의해 뒤로 돌아봄으로써 어린 자식과 함께 바위가 되는 비극적 최후(tragedy)로 결말을 맺는 것이다.

2015년 1월 18일 상애신문에 연재되기 시작한 소설이 2년여 만에 마무리된 2016년 11월까지도 이러한 의문은 풀리지 않았다.

여기서 확철대오(廓撤大悟)의 순간과 맞닥뜨리게 된다.

머리글을 쓰는 동안 필자는 진리의 깨달음에 이르게 된다. 소설을 집필하는 2년여 동안의 수수께끼 같은 의문에 대해 문득 깨닫게 되었던 것이다.

앞으로도 수천 년을 이어져 내려갈 며느리바위를 무작정 해피엔딩으로 마무리할 수는 없었다. 누군가 바위의 형상에 주인공을 설정해야 했고, 설정된 대상은 사람이 되었건 동물이 되었건 생명체를 잃고 바위로 변형되어야만 했다. 곧 살아있는 상태에서 생명을 잃은 죽음의 상태로 바뀌게 된 것이다.

"쇠똥 밭에 뒹굴어도 이승이 좋다."

이런 속담은 인간이 살아있다는 사실이 얼마나 행복한가를 한 마디로 설명하고 있다. 요즈음 널리 회자(膾炙)되는 노래 '100세 인생'도 죽음에 대한 강한 거부감을 표출하고 있다. 구전(口傳)으로 전설을 이어 내려오게 했던 선조들의 애환이 여기에 진하게 배어 있다.

죽기 싫어하는 이승이라는 현실 속에서 누군가 바위의 형상을 대신해 줄 사람이 필요했고, 그 사람은 죽을 수밖에 없는 운명을 안고 있었다. 바위가 결코 살아있을 수는 없기 때문이다. 그렇다면 동물이 되었건 인간이 되었건 바위는 죽은 생명체라는 것이 기정사실임에는 이론의 여지가 없다. 그리고 이어지는 난제는 바위의 형상을 악독한 사람으로 설정할 것인가, 아니면 착한 사람으로 설정할 것인가 하는 문제에 봉착하게 된다.

여기서 구전의 당사자요 창시자인 우리의 선조께서는 숱한 사람들이 오가며 수천 년을 바라보아야 할 며느리바위를 아름답고 교육적인 가치의 장으로 활용해보고 싶어 했을 것이다.

우리나라 곳곳에 이런 설화가 유사하게 구전되어 오고 있다는 사실이 이를 증거하고 있는 셈이다. 이런 설화의 저변에는 우리 선조들이 언제나 선(善)을 추구하고 악(惡)을 거부했다는 사실과 함께 우리 민족이 태생적으로 착하다는 사실을 입증하는 정서가 깔려 있다고 하겠다.

수천 년을 내려오며 숱한 사람들에게 이야기 거리로 회자될 대상을 악독한 생명체가 아닌 착한 생명체로 설정하고자 하는 바람이었을 것이다. 이것이 운명적인 함정이다. 착한 며느리가 애꿎은 주인공으로 등장하는 배경이라고 할 수 있다.

주인공을 자신에게 닥쳐올 불행을 알고 있으면서도 시아버지의 절규를 외면할 수 없는 착한 며느리로 설정함으로써 듣고 보는 이들의 심금을 울리고자 하였으며, 후세의 사람들이 구전으로나마 이러한 선행을 본받기를 바라지 않았을까 싶다.

필자의 확철대오에 대한 실체를 이렇게 머리글에 그려본다.

애당초 바위의 형상에서 비롯되었겠지만, 태생의 비밀에 대한 상상력이 이야기 거리가 되고 바위의 형상이 마치 아기를 업은 아낙의 모습이라는 데서 착한 며느리가 설정되었을 것이다. 그리고 주인공인 며느리는 비록 비극적인 결말을 품은 바위가 되어 버렸지만, 착한 아낙네로 미화되기에 이른다.

박씨와 임씨가 많이 살았다는 곳이 박림소가 되었다는 것은 며느리 바위의 탄생을 위한 조연일 뿐이며 수건이 날아갔던 곳이 건산(巾山)이라는 사실 또한 흥미를 더하고자 하는 연출의 연장으로 여겨진다. 구전의 당사자였던 선조(先祖)의 혜안이 돋보이는 대목이다.

문제는 그러한 선조들의 구전 창시(創始)에 뒤지지 않는 소설을 집필

해야 한다는 점이었다. 작가의 고뇌가 거기에 함축되어 있다. 여기서 작가는 백제 건국에 대한 의문을 살피며 며느리바위의 주인공과 백제의 시조 온조 대왕과의 관계를 매우 흥미롭게 제시할 것이다.

문학은 학문이라고 총칭되는 지식에 그 바탕을 둔다. 백지에 한 권의 소설이 탄생하기까지 작가의 피나는 고통과 시대를 초월한 작가들의 박학다식(博學多識)이 내면에 내장되어 있지 않다면 결코 이루어질 수 없는 일이다.

비록 솟아 있는 바위의 형체에 의미를 부여하기 위한 이야기 거리로 설정한 전설의 며느리일지라도 바위가 된다는 비극을 알고 있으면서도 악독한 시아버지의 목 메인 절규를 외면할 수 없었던 착한 며느리의 표상을 찾아내 남기고 싶은 심정은 구전을 창시한 당사자나 필자나 마찬가지일 것이다.

필자는 거의 매일이다시피 억불산을 찾는다.

어느 날 신기한 이야기를 들었다. 서울에서 내려왔다는 부부를 산행 길에 동행하게 되었는데, 장흥이 고향이라고 했다. 60대 초반의 세월을 살아온 이였다. 동시대의 사정이 그랬듯이 이 분도 삶의 터전을 찾아 서울로 떠났다고 했다.

중학교 3학년 때 억불산 며느리바위 아래서 시신을 발견한 당사자였다. 얼마나 무서웠던지 냅다 줄행랑을 치고는 경찰서에 신고했단다. 수사 결과 장흥 용산에 살던 국민학교 3학년 학생이었는데 의붓어머니에 의해 절벽에서 떠밀려 시체로 발견된 것이었다.

우연히 산행 길에 만난 이가 시체를 발견한 당사자였고, 동행을 하게 되었기 때문에 알게 된 사실이다. 며느리바위를 소재와 주제로 삼아 소설을 쓰는 작가와 소년 시절의 기억을 간직한 당사자의 만남이 그냥 우연한 스침이었을 뿐일까.

소년은 무엇을 간절히 염원하고 있기에 자신의 까마득한 경험을 필자에게 알려 왔을까? 그 경험의 내용이 의붓어머니에게 구박을 받다 목숨을 잃은 소학교 3학년 학생의 비극이라면 어던 작가라도 그냥 지나치기는 어려울 터였다.

비록 전설일지라도 착한 주인공의 화신(化身)인 며느리바위 아래서 의붓자식이라고 절벽 아래로 떨어뜨려 최후를 마치게 했던 그 악독한 의붓어미는 어떻게 설명할 수가 있을까?

필자는 생각날 때마다 소년의 명복을 빌어준다. 살아있다면 중년은 넘겼을 나이일 성싶다. 그리고 언젠가 그 비극적인 사건의 주인공인 소년의 못다 한 이야기가 확철대오의 깨달음으로 필자에게 알려질 것을 굳게 믿고 있다.

정치를 떠나서 칩거하는 고향 장흥은 은둔지로 제격이다.

소설을 집필하기에도 나무랄 데 없는 여건이다.

2016년 12월

장흥에서 안수원

차례

순녀의 하루

순녀는 오늘도 변함없이 집을 나선다.

집이라야 남산 기슭의 천변(川邊) 한 모퉁이에 가마니를 들추고 개구멍처럼 드나들게 만들어진 움막이다. 가마니를 들추고 움막에서 기어 나온 순녀는 흐트러진 머리카락을 손가락으로 쓰~윽 쓰~윽 빗질하고는 흐르는 강물에 얼굴을 씻는다.

강녁 동편에 아침 햇살이 붉게 빛난다.

강물에 씻겨 진 순녀에 얼굴은 아침 햇살을 받아 뽀얗게 눈부셨다.

얼기설기 꿰메진 누더기 옷들은 허름하고 비렁뱅이 차림이지만 순녀에 얼굴은 달덩이 같았다.

씻기를 마친 순녀는 얼기설기 기운 누더기 옷들과 마찬가지로 얼기설기 엮어진 바가지를 집어든다.

종종걸음으로 동네 어귀로 발길을 돌린 순녀는 어느 허름한 초가집 대문 앞에 이른다. 그리고 고개를 기웃거리며 몇 번 이

고 안을 기웃거리기를 반복한 순녀가 가까스로 용기를 내어

"아~짐~~~."

기어들어가는 목소리로 불러본다.

　그러나 허름한 대문 안에는 휑한 찬바람만이 주위를 울린다.

　순녀가 계속 안을 기웃거리기를 반복하다 다시금 용기를 내본다.

"아~짐~~~"

　그러나 무심한 이른 아침의 초가집 대문 안은 순녀에 애틋한 목소리를 고요한 정적 속으로 묻혀 버리고 휑한 기운이 순녀에 목소리를 무심하게 집어 삼킬 따름이다.

　순녀는 몇 차례나 대문 안을 기웃거리며 목소리를 짜내다가 끝내 풀죽은 모습으로 힘없이 발길을 돌린다. 뒤돌아서는 그녀의 양 어깨 죽지가 비 맞은 참새들의 날개처럼 축 쳐져 있었다.

　힘겹게 발걸음을 옮기던 순녀는 닳아빠진 짚신으로 괜스레 땅바닥을 비벼본다. 한참을 그러다가 한 순간 순녀의 눈빛이 반짝 빛난다. 뭔가 대단한 결심을 한 듯이, 순녀는 망설임 없이 육중한 솟을 대문을 향해 걸음을 옮긴다. 굳게 닫힌 솟을 대문은 순녀 에게는 대궐문처럼 높아 보일 것 같은데 순녀는 어디서 그런 용기가 났는지 솟을 대문을 주먹으로 쾅~쾅~쾅 두드리며 목청껏 소리를 질러댄다.

"마~님~~~, 마~님~~~!"

그리고 아까와는 전혀 다른 목소리 목청껏 부른다.

그렇게 한바탕 기척을 내고는 갑자기 대문 오른쪽으로 달려가서 몸을 숨기듯이 담벼락에 기대어 섰다. 대문에서 고개만 내밀면 환히 보이는 담벼락에 서있다고 해서 몸을 숨겼다고 할 수도 없을 터이나 무언가 그럴만한 사정이 순녀 에게는 있어 보였다.

조금 후 대문 안에서 '삐~거덕 탁~!' 방문이 열리는 소리가 울리는가 싶더니 신발 끄는 소리가 들렸다. 이내 대문 빗장 벗기는 소리가 들리고 '삐~걱' 소리를 내며 육중한 대문이 열리자 한눈에도 앙칼져 보이는 중년여인이 나타났다.

대문 오른쪽 담벼락에 숨듯이 기대어 섰던 순녀는 중년여인을 보자마자 잔뜩 주눅이 든 표정으로 더욱 고개를 숙이고 눈초리를 피하며 마주 바라볼 엄두조차 내지 못한다.

"얼뜨기 기집에야, 이른 새벽부터 무슨 지랄이야?"

".................."{

대답은커녕 순녀는 자라목처럼 더욱 목을 움츠렸다.

"몇 번을 말해야 알아들 을거야"?

"네 삯은 이미 셈을 쳐주었다고 했잖아!"

울상이 된 순녀가 고개를 숙인 채 가까스로 용기를 내어 기어들어가는 목소리로

"조금만 보태주시어요."

"뭘 보태주라는 기여? 얼뜨기 계집년이 하루 품삯을 주었으면 그도 감지덕지 무엇을 더 달란 기여? 어른들은 네 몫의 다섯 배를 하는데 그것도 고마운 줄 알라고!"

기어코 앙칼진 중년여인이 담벼락의 순녀에게로 다가가 머리카락이 헝클어진 그녀의 머리통을 한차례 주먹으로 쥐어박고서야 소동은 멈추었다.

"아침부터 재수 없게 툇~툇~툇!"

중년여인은 열고 나왔던 숫을 대문을 다시 '쾅~'하고 닫더니 매섭게 안으로 들어가 버린다. 중년여인의 사납게 신발 끄는 소리를 뒤로 들으며 순녀는 피식 애잖은 표정을 지으며 조금 전보다 더 처량한 모습으로 울상이 되어 뒤돌아선다.

그리고 다시 조금 전에 찾아왔던 허름한 초가 대문 앞에서 예의 그 행동을 반복한다.

그때 순녀의 모습을 발견한 중년을 약간 비켜선 아낙이 순녀를 부른다.

"순녀 왔구나, 들어오지 않고 왜 그러고 있어?"

"또 박가네 집에 갔구나. 괜스레 헛수고하니까 잊어버리라고 하지 않았어?"

그리고 혼잣말처럼 중얼거린다.

"독한 년… 어디 떼먹을 게 없어서 어린애 품삯을 떼먹어? 죄받을 년 . 닷새를 부려 먹었으면 이틀 치는 주어야지, 고작 하루치로 셈을 마쳐? 우라질 년, 뽕잎 따는 것이 아이 어른 구분이 어디 있다고, 나흘 치나 떼먹어? 아이고 나쁜 년…."

"조금 전에 이곳에 댕겨갔어?"

순녀는 침울한 표정으로 고개만 끄덕거린다.

"내가 뒤결 동네 우물터에 댕 겨온 사이에 왔었구나. 순녀 네가 오겠다 싶어 대문은 열어두고 갔는데…."

말을 하면서도 순녀가 아짐이라고 불렀던 것으로 여겨짐직한 아낙은 매번 해온 것처럼 능숙한 솜씨로 얼기 설기 기운 순녀의 바가지를 건네받아 다섯 사람 몫은 됨직한 밥에 김치를 얹어서 순녀에게 건넨다. 바가지를 건네받은 순녀의 표정이 환하게 밝아진다.

울음이 가득하던 침울한 표정은 간 데 없고 아침에 움막에서 나와 개울물로 세수를 하고 났을 때 햇살에 반짝 빛나던 순간으로 되돌아 갔다.

"순녀야, 지난번에 준 된장은 아직 남아 있냐?"

"예, 아~짐."

"그러면 이 밥 가지고 가서 된장국이라도 끓여 아부지, 엄니랑 함께 식사하도록 해라. 그리고 아침 먹고 남은 밥은 두 분이 점심에 드시라 하고, 순녀 너는 우리 집에 와서 나랑 먹고."

"예, 아~짐 정말 고맙구면요. 그럼 안녕히 계세요."

개울가의 움막으로 향하는 순녀의 발걸음이 내려올 때보다는 한결 가볍다. 순녀의 등 위에 대고 아낙이 한 마디 던진다.

"다시는 박가네 집 근처에는 얼씬도 하지 말고 알아 들었제?"

"예, 아~짐 알아들었구먼요."

순녀는 껑충껑충 걷는 시늉과 함께 건성으로 대답을 하며 움막으로 향한다.

"넘어진다니까 조심하고….."

"예, 아~짐."

순녀의 뒷모습에 눈길을 주고 멀거니 바라보던 아낙의 눈이 붉게 충혈이 되더니 갑자기 오른손으로 코를 부여잡고 '핑' 하니 코를 풀더니 치마폭을 들쳐 코언저리를 쓱쓱 닦고는 대문 안으로 들어간다.

그러고 보니 순녀가 '아~짐'이라고 불렀던 아낙의 치마도 남루하기 이를 데 없이 누덕누덕 기운 순녀의 옷이나 별반 다를 것도 없어 보였다.

바가지를 들고 한달음에 움막에 다다른 순녀는 부산한 몸놀림으로 움막 옆에 엉성하게 설치해진 돌화덕에 불을 집히고 전쟁에서 쓰는 투구처럼 생긴 쇠붙이에 된장을 풀어 화덕에 올려 된장국을 끓인다.

움푹한 그릇은 새까맣게 그을려서 본래의 형체를 알아볼 수 없을 지경이지만, 분명 전쟁터에서 쓰던 어느 장수의 투구임이 틀림없어 보였다.

드디어 된장국이 끓자 순녀는 밥과 짠지가 담긴 바가지와 함께 움막 안으로 가지고 들어간다. 구수한 된장국 냄새가 움막 안팎으로 퍼져나간다.

된장국과 함께 움막 속에 마련된 밥상에는 아짐 이라고 부르던 아낙에게서 얻어온 밥이 누더기 바가지에 가득이 담겨 있었다. 볏짚으로 얼기설기 엮어놓은 잠자리 거적의 한쪽을 비우고 된장국과 바가지를 그대로 얹어 놓았을 뿐 달리 밥상이 있는 것은 아니었다.

드디어 일가족이 모여 앉아서 즐거운 아침식사를 한다. 허름하게 처진 가마니 틈새로 솟아오른 햇빛이 파고 들어온다. 어스름한 공간에 파고 들어온 햇빛에 희뿌연 아지랑이처럼 푸석한 먼지 속에 차려진 밥상은 둘러 앉아 있는 세 사람의 모습에서 가슴 저미는 슬픈 분위기를 압도한다. 그러나 그런 분위기와는 달리 이들 세 가족은 마냥 평화롭고 행복해 보였다.

순녀가 들어다 놓은 어느 장수의 투구는 움푹 파진 돌 위에 올려져있고 막 끓기를 마친 된장국의 모락 모락 피어오르는 김이 뿌연 먼지와 함께 위로 솟구쳐 오르고 까맣게 그 으른 체 돌 위에 올려진 투구와 묘하게 조화를 이루고 있었다.

"아부지 진지 드셔요, 엄니도요"

"순녀야 고생했다."

"뭘요, 오늘도 아짐이 점심에 드실 것까지 넉넉하게 주신걸요 엄니 아부지 갔다 드리라고........"

"이렇게 고마울 데가…."

"맨날 임가네 신세만 지면 어쩐다냐 갚을 길도 없고"

"걱정 마세요, 지가 다 갚을게요."

"이것아, 네가 무슨 수로 다 갚아? 네가 지지리도 복이 없어 아직도 어린 나이에 늙고 가난한 우리를 부모로 만나…이 고생이 뭐란 말이냐? 우리가 빨리 죽어야지 네 고생을 덜어줄 턴데… 이렇게 염치없이 나이 어린 네가 비럭질한 동냥밥으로 끼니를 잇고 있다니….

"지는 고생한 것 없당께요. 그러니 엄니 아부지는 그런 걱정일랑 하시지 마랑께. 자~자~ 얼른 식기 전에 밥이나 드시랑께."

"그래, 고맙다. 순녀야, 너도 이리 와서 함께 묵자."

"예, 엄니."

이들 세 가족은 비록 비럭질해서 얻어온 동냥밥이지만 함께 식사를 하는 것만으로도 즐거운 아침을 보내고 있었다.

순녀가 아부지로 부르는 영감은 족히 환갑은 지나 보이는 모습이었고, 엄니라 부르는 여인 또한 삶에 찌들고 꾀죄죄한 모습에 영감처럼 환갑을 넘긴 할멈으로 보였다. 생이지지(生而知之)의 혈연이라기엔 어울리지 않아 보였다. 어떠한 인연으로 함께 생활해 오고 있었는지는 모르지만 이들이 도무지 이들이 순녀의 부모라기엔 어딘가 석연치 않은 점이 엿보였다.

그럼에도 순녀는 이들을 엄니와 아부지로 살갑게 부르고 있었다. 이런 사실만으로도 이들이 어떠한 사연을 간직했건 현

재로서는 피할 수 없는 질긴 인연의 쇠사슬에 엮여 부녀지간
으로, 또 모녀지간으로 함께 생활하고 있는 것은 엄연한 현실
인 것이다.

이들이 아침식사를 하는 동안 남산 자락의 양지쪽에 허름
하고 초라하게 지어진 볼썽사나운 움막 앞으로는 아침 햇살을
받아 표면이 고기의 비늘처럼 반짝반짝 빛나는 탐진강이 눈부
시게 출렁거리며 흐르고 있었다.

아침식사를 하면서 일가족이 도란거리는 소리가 이따금씩
움막 입구를 가로막은 가마니 틈새로 빠져나와 탐진강 흐르는
물의 너울에 실려 함께 흐르고 있었다. 일가족의 다정한 얘기
소리라도 엿들으려는 듯 탐진강의 여울 속을 헤엄치며 배회하
는 물고기들이 힘차게 물 위로 솟구쳐 올랐다. 물고기들이 펄
쩍펄쩍 공중제비를 하며 뛰노는 탐진강의 수면은 여울져 흐르
는 강물의 눈부신 반짝임과 어울려 평화로운 풍경을 강변에
안겨 주고 있었다.

드디어 아침식사가 끝났는지 쳐진 가마니 출입구가 제쳐 지
고 따뜻한 온기와 함께 구수한 된장 냄새를 풍기며 보름달 같
은 허연 피부의 순녀가 시커멓게 그을린 투구 솥단지를 양손
으로 들고 나온다.

때마침 탐진강에서 큼지막한 물고기 한 마리가 예쁜 순녀의
모습을 보려는 듯 푸다~닥 물을 가르고 솟구쳐 올라 순녀에
게 눈을 깜박 거리며 아침 인사를 하고 첨~벙 다시 수면 아래

로 잠수를 한다.

 익숙한 솜씨로 엉성한 돌화덕 위에 시커멓게 그을린 투구 솥단지를 올려놓은 순녀는 다시 가마니 출입구를 젖히고 움막 안으로 들어갔다가 먹다 남은 밥 바가지와 수저를 들고 뒷걸음질로 움막을 빠져나온다. 나무를 되는 대로 깎아 만들었는지 숟가락은 모양만 흉내 내고 있을 뿐 정교하지 못 하고 엉성해 보인다.

 살강이라고 할 것도 없이 강가에서 주워온 돌무더기로 제법 평평하게 만들어놓은 곳에 바가지를 갖다놓은 순녀는 다시 움막 안으로 고개를 처넣어 한쪽에 세워진 나무때기를 가져다 바가지를 덮은 다음 돌로 눌렀다. 그런 다음 수저를 흐르는 강물에 씻는다. 이로서 이들의 아침이 모두 끝난 것이다.

 "엄니, 지는 아~짐 네에 다녀올게요. 만약 점심 때 지가 오지 못하면 저기 남겨둔 밥으로 점심 드세요. 그란디 점심에 올 수 있으면 지가 와서 할 거니께 엄니는 그렇게 알고 계세요."

 "순녀야, 몸조심 하랑께, 알았제?"

 "알았당께, 엄니는 맨날 내가 어린 애기로 보인당가? 나도 이제 열한 살이나 된당께, 이제 어른이닝께 아무 염려 말더라고 알았제? 그럼 엄니 댕겨 올랑께 집 잘 보고 아부지 모시고 계시시오~잉."

 말을 마친 순녀는 총총 걸음으로 마을을 향해 발걸음을 옮긴다. 그러면서도 산모퉁이로 돌아서 움막이 보이지 않을 때까지 고개를 돌려 뒤돌아보곤 했다.

이윽고 아침에 밥을 퍼 주었던 초가집의 허름한 대문 앞에 이른 순녀는 습관처럼 멈추어서 안쪽의 동정을 살핀다. 대문 안을 기웃거리고 있던 순녀는

"순녀야 왜 안으로 들어가지 않고 집 앞에서 서성거리는 겨?"

순간 순녀는 등 뒤에서 울리는 남정네의 컬컬한 목소리에 깜짝 놀라 뒤돌아본다.

"아제, 어디 댕겨 오세요?"

"새벽에 논 좀 돌아보고 온디, 너는 얼른 들어가지 않고 뭐 한다냐?"

"아~짐, 아제가 논에서 들어오시구면요."

중년을 훌쩍 넘어선 나이로 보이는 아제라는 사내를 뒤따라 대문 안으로 들어서며 순녀가 다급한 목소리로 안쪽을 향해 소리쳤다.

"이제 오신가요?"

"응, 밥은 차려 놨소?"

"진작 차려났는디, 당신이 늦게 와부렀응께… 국을 다시 데워서 떠올 테니 얼른 방으로 들어 가시랑께요."

"그냥 대충 가져오소. 참 당신은 오늘 순녀랑 어디 일 갈 참이요?"

"예, 큰감나무집 금정댁네 오늘 밭 맨다고 안 하요. 그래서

서~너 사람 구해달라기에 순녀 얘기를 했더니 어른 반 삯을 쳐준다고 안 하요. 그래서 오늘 순녀를 일찍 오라고 한 거요. 그랑께 당신이 진지 드시고 밥상 덮어서 윗목으로 밀어놓고 나가시오. 이따 저녁참에 내가 일찍 돌아와서 칠랑께, 알았지라?”

“알았응게, 염려 말고 댕겨 오드라고. 순녀 너도 오늘 고생 좀 하겄다. 애 쓰거라.”

“예, 아제 댕겨 오겠어라.”

아~짐이라 불리는 중연 여인의 바쁜 걸음으로 걷는 뒤를 따라 총총 걸음을 옮기는 순녀의 모습은 영락없는 모녀지간이었다.

아~짐과 순녀가 모녀지간처럼 느껴질수록 조금 전에 탐진 강 변 움막 속에서 함께 아침식사를 했던 노인네들과 순녀가 부모 자식 간이라고 불리어지기에는 도무지 어울릴 수 없는 무언가 깊고 깊은 숨은 사연이 있을 법하게 느껴졌다.

탐진강 건너 동쪽으로 널따랗게 펼쳐진 들판은 이곳이 풍요롭고 살기 좋은 고장임을 느끼게 해준다. 이미 들판에는 모내기가 끝나고 벼는 연한 초록을 막 벗어나 시작하여 짙은 녹색으로 변신을 꾀하며 녹색의 질긴 생명력은 황금들판의 결실의 계절 가을에 풍요를 예견하듯 미풍에 한~들 거리고 있었다.

탐진강 서쪽의 남산 기슭으로 동, 남쪽을 향하여 겨울의 북서풍을 막아선 가옥들이 옹기종기 마을을 형성하고 있었다.

순녀는 탐진강변의 둑길을 북쪽으로 거슬러 올라가는 아~짐의 걸음을 부지런히 뒤따르고 있었다. 이윽고 물살이 줄어드는 곳에 놓아진 징검다리에 이르러서야 아~짐이 순녀를 뒤돌아본다. 아~짐은 순녀를 한 번 바라보더니 다시 앞서서 징검다리를 건너가기 전에 다짐을 한다.

"미끄러운께 조심해서 건너라이."

"알았응께, 염려 마시라요."

그리곤 다시 침묵이 흐른다. 무사히 강을 건넌 순녀와 아~짐은 강둑을 넘어서서 억불산 밑에 펼쳐진 밭둑길을 분주히 걸어간다. 산자락에 펼쳐진 들판에서 여기저기 아낙들이 벌써 김을 매거나 막 김을 맬 채비를 갖추기 시작하고 있었다.

"일찍들 나오셨구먼요?"

"우리야 이곳에서 산께 그런다고 하지만, 남산 밑에서 언제 밥을 묵기나 하고 온기여?"

"그람요, 남의 일을 댕기려면 일찍 서둘러야 하지라. 품삯값은 해야지라."

"저 애가 순녀랑가?"

"예, 순녀이지라."

"와~따, 그 딸각발이 노인이 데리고 다니던 그 코흘리개 간난아가 저렇게 컸구먼."

"어쩨 저렇게 이쁘게도 컸다냐?"

"그랑께 말이요?"

"젖이 없다고 이곳저곳 동냥젖을 먹여 키우더니 딸각발이 영감 고생한 보람이 있구먼."

"순녀야, 이리 와서 인사 드려라."

"예, 안녕들 하셨지라. 열심히 일할 테니까 잘 좀 봐 주시오."

"아이고 걱정 말거라. 우리가 열심히 할 텐께 순녀 너는 천천히 하거라. 아직 네가 감당하기에는 힘이 들 테니까."

"뭔 말이라요, 지도 지 몫은 해야지요."

"알았다. 알았응께~ 열심히 해보도록 하자."

"자자, 이제 시작해 봅시다."

춘심이 객줏집

나주 반남성 부족장 웅장은 아른거리는 여인의 자태를 떠올리며 몸을 뒤척였다. 도시 뇌리에서 떠나지를 않는 것이다. 몇 번째 이러기를 반복했다.

작년 영산강 하류 해안 쪽에서 고기잡이 갔던 어민들이 죽임을 당했다. 미암성의 부족장 열갈 과는 상호 싸움이 없이 수십 년을 평화롭게 지내왔다. 같은 영산강의 강줄기에 삶의 터전을 일구고 살아온 처지라 사이좋게 지내려고 서로 애써왔던 셈이다.

반남성은 강 상류에 위치해 있고 미암성은 강 하류에서 바다와 인접해 있다. 비록 서로의 영토가 경계를 이루고 있기는 하지만, 소부족(小部族)들로서 강의 소유는 서로의 묵인 아래 삶의 터전을 공동으로 영위하고 있었다.

강 상류의 반남성 어민들도 아무 제재를 받지 않고 바다 고기가 먹고 싶거나 필요할 때면 미암성의 영토를 지나 바다로 내려가 고기를 잡아오곤 했다. 그런데 미암성의 군사들에 의해 반남성 어민들이 죽임을 당한 것이다.

가족들이 고기를 잡으러 갔다가 돌아오지 않자 수소문을 했다. 미암성으로 들어가서 군사들에게 무참히 살해되었다는 소문을 들었다. 미암성 주민들이 직접 전한 이야기였다.

술 취한 군사들이 고기를 잡아서 돌아가는 어민들에게 고기를 달라고 한 것이 발단이었다. 애써 잡은 고기를 그저 달라고 하는 군사들의 요구를 묵살하자 술 취한 군사들이 무모한 살상을 저질렀다는 것이다.

이런 사실을 전해들은 반남성 부족장 웅장은 곧장 군사 수백기를 거느리고 진군해 와서 성을 공격하겠다고 미암성 인근에 진을 쳤다. 그리고는 먼저 살상을 저지른 군사들을 내줄 것을 요구하며 미암성 부족장 열갈의 답신을 기다리고 있었다.

그때 미암성 관할 영토에 사는 토호로부터 은밀한 제의가 들어온 것이다.

토호(土豪)의 며느리가 시집온 지 얼마 되지 않아서 아들이 까닭 모르게 병사(病死)를 하고 말았는 것이다. 그 아들은 3대 독자인데 아들이 병사함으로 이제 대가 끊어지게 생겼다는 것이다. 그러던 차에 하늘의 도우심으로 삼한(三韓) 일대의 여러 부족들 가운데서도 덕치(德治)로 부족을 다스린다는 웅장 부족장이 오셨다. 그러니 이 늙은이의 청을 거두워 주시기를 간곡히 청한다고 했다.

그 청인즉 이곳에 계시는 동안 제 며느리와 동침을 해주라는 것이었다.

토호의 청이 다소 황당하고 어이가 없는 사건이었지만 대가 끊기게 된 그 늙은 토호의 심정도 충분히 이해가 되는 부분이 없지 않는 바도 아니었다. 더구나 웅장 부족장이 그런 제의를 받은 곳은 토호의 집이었고, 부하들도 전혀 눈치 채지 못하게 은밀히 전한 청이었다.

웅장 부족장이 미암성 인근에 진을 쳤을 때 그곳에 사는 늙은 토호는 웅장 부족장과 몇몇 장수들을 자신의 집으로 모시겠다고 했다.

그러니까 먼 길을 달려오느라 수고하셨으니 각별히 대접을 하겠다는 뜻이었다. 출정한 부족장과 장수들로서는 경계(警誡)를 하되 굳이 마다할 까닭이 없는 기분 좋은 전갈이었다. 늙은 토호의 집을 방문하여 극진한 응대 속에 푸짐한 잔칫상을 받고 기생들이 가무음곡으로 흥을 돋우는 자리에서 넘치게 술잔을 기울이다 보니 어느새 거나한 취기로 한껏 기분이 들떠있는

그런 자리에서 은밀히 당장 오늘밤부터 야영(野營)의 진을 거두고 제 집에 머무르며 미암성 열갈 부족장의 회신을 기다리라는 제의였다.

그러면서 부족장의 처소와 함께 수하 장수들의 처소도 이미 마련해 두었다고 했다. 웅장 부족장은 극진한 환대와 거나한

취기로 토호의 제의를 거절하지 못하고 아니 토호 며느리에 사연도 함께 호기심이 발동하지 않는 바도 아니었다.

그리고 안내받은 침소(寢所)로 들어섰을 때 웅장 부족장은 깜짝 놀랐다.

촛불에 비친 소복의 여인, 그녀의 은은하고 신비롭기까지 한 자태에 벌어진 입을 다물 수가 없었던 것이다. 과연 늙은 토호가 3대 독자 외아들이 죽고 난 다음에도 청상의 며느리를 내치지 못하고 애지중지하는 까닭도 알만 하다고 여겨졌다.

출정 길에 뜻밖의 신방을 차리게 된 밤은 말할 것도 없거니와 미암성 부족장과의 협상도 순조롭게 진행 되었다.

결국 보름에 걸친 협상에서 희생된 어민들 3명에게 각각 황소 3마리와 말 2필을 보상하기로 합의가 이루어져 평화롭게 사건을 매듭지을 수 있었다.

웅장 부족장은 늙은 토호의 집에 머물면서 날마다 융숭한 대접과 함께 신혼의 단꿈을 즐겼을 뿐만 아니라 원래의 출정 목적이었던 희생된 어민들의 처리까지 깔끔하게 마무리를 짓고 부족의 환영을 받으며 반남성으로 귀환했다.

그리고 반남성에 돌아오고 나서 처음 얼마간은 자리를 비운 동안의 밀린 일들을 처리하느라 분주한 시간을 보내며 미암성 토호의 집에서 일어난 일들은 까맣게 잊어버리고 있었다.

그리고 언제부터 인가 늙은 토호에 며느리가 생각나고 궁금해 졌다.

그런다고 부족장 노릇을 하는 처지에 다른 부족의 영토를 넘어갈 수도 없는 일이다. 일반 백성들이라면 경계 따위에 아랑곳할 것도 없이 마음대로 넘나들 수도 있겠지만, 부족장으로서는 그럴 수 없는 처지였다. 그렇다고 누구를 시킬 수도 없는 실정이다.

웅장 부족장의 처족(妻族)은 반남성에서 첫 손가락에 꼽히는 토착세력으로 웅장을 부족장으로 세우는 데 한 몫을 했듯이 마음만 먹으면 언제든지 부족장을 갈아 치울 수도 있는 막강한 세력을 형성하고 있었다.

영산강 뱃길을 장악하고 있는 웅장 부족장의 처가인 나씨(羅氏)는 대대로 이 지역에서 군림하며 부족장이라도 마음에 들지 않으면 바로 갈아 치워버릴 만큼 막강하였다. 대대로 쌓아온 부(富)를 바탕으로 많은 가솔(家率)을 거느리고 있을 뿐 아니라 사병(私兵)들의 수도 부족장의 군사력에 뒤지지 않는 수준이었다.

그러한 집안에서 태어나고 자란 웅장 부족장의 부인 나씨 또한 어린 시절부터 제 하고 싶은 대로 하면서 커온 사람이라 질시(嫉視)와 투기(妬忌)가 하늘을 찌를 정도로 서슬이 시퍼랬다.

혹여 웅장 부족장이 반남성 시녀를 따뜻하게 대한다 싶으면 그날로 그 시녀는 부족장 옆에 얼씬도 할 수 없는 곳으로 내쳐지고 말았다. 그런 연유로 웅장은 나씨와 혼례를 치른 후로는 아예 여인들에게 눈길 한 번 줄 수 없는 세월을 살아왔다.

그러다가 나씨의 눈길을 벗어난 출정(出征)길에 우연찮게 미암성의 늙은 토호 며느리와 운우지락(雲雨之樂)을 맛보게 되었던 것이다.

절세의 미색에다 다소곳하고 조용조용하며 잠자리에서의 나긋나긋함까지 웅장은 생각할수록 온몸이 흐물흐물 허물어져 내릴 것만 같다. 반남성의 하루하루가 조용하고 근심이 없으니 청상(靑孀)의 토호 며느리와 꿈같이 지냈던 일들이 떠올라 더욱 온몸이 근질거렸다.

늦은 봄기운으로 나른해지는 날이었다.

새로운 탄생과 생장을 기원하며 만물이 짝을 이루는 계절이 아닌가. 봄볕에 해바라기를 하며 지그시 눈을 감고 휴식을 취하던 웅장이 벌떡 일어나 옆에 풀어두었던 검(劍)을 집어 들었다. 웅장을 호위하며 멀찌감치 서 있던 시종(侍從)이 눈치를 채고 잽싸게 다가왔다.

"성주님, 어디 가시려고요?"

"궐 밖으로 나가보려고 한다. 도무지 봄기운에 온몸이 근질근질해서 집안에만 처박혀 있을 수가 없구나."

"영산강 포구 쪽으로 나가 보시면 어떨까요?"

"영산강 포구 쪽으로… 왜?"

웅장은 시종의 속내를 짐작해본다.

'이놈 수작하고는… 네 시커먼 속셈을 내가 모를 줄 알고?'

"아이고 성주님, 제가 무슨 수로 성주님을 속일 수 있겠습니까? 사실 성주님 덕분에 이놈도 모처럼 여흥을 즐겨볼까 하는 마음이지요."

"여흥을 즐긴다? 영산강 포구 쪽이면 좋겠다고?"

"저야 언감생심(焉敢生心)이지요. 성주님 덕분에 봄기운을 느껴볼 수 있을까 해서 올린 말씀입니다요."

"언감생심이라면서 할 말은 다하는구나."

"그러니까 봄을 탓하시지 저를 탓하시진 마십시오. 성주님께서 어련히 알고 계시면서 소인 탓으로만 돌리시렵니까?"

"저놈의 주둥이하고는? 누가 들으면 내가 네놈을 앞세운 줄 알겠구나. 그랬다간 네놈이나 나나 신상이 편치는 않을 터… 군말 말고 조용히 앞장을 서렸다."

"예, 그러면 냉큼 말을 대령합죠. 마님께는 시찰나간다고 아뢰겠습니다."

시종이 말을 가지러 간 사이에도 웅장은 상상의 나래를 펼치고 있었다.

자꾸만 청상의 토호 며느리가 눈에 밟힌다. 조용조용한 말투, 나긋나긋한 자태, 그러면서도 운우의 정을 나눌 때는 열정으로 차오르던 몸매… 속살은 또 어찌 그리 희고 곱던지 촛불을 끈 채 벗은 몸을 안고 있으면 달빛이 창을 넘어와 시샘을 하지 않았던가.

겨우 성에 눈뜰 무렵 남편과 사별한 여인네의 성욕은 일찍이 생각해본 적도 없을 정도로 상상을 초월했다. 웅장의 건장한 가슴에 얼굴을 묻은 여인은 도무지 말이라곤 없이 할딱거리기만 했다. 그러면서도 마치 웅장을 기다리고 있었다는 듯이 욕정의 몸놀림은 신선하면서도 능숙했다. 어쩌면 웅장을 기다렸다기보다 사내를 원하고 있었다는 말이 맞을 성싶었다.

왜 아니겠는가? 청상(靑孀)으로 평생을 살아가야 할 그 막막함을 혼자서 감당할 수밖에 없다는 사실이 얼마나 절실하겠는가? 웅장은 나긋나긋한 몸놀림에서 그런 느낌을 받으며 숨이 콱콱 막힐 지경이었다.

그녀는 온몸에 착 달라붙어 도시 떨어질 줄을 몰랐다. 묻는 말에도 도통 답이 없이 할 일만 치르고는 어둠이 채 가시기 전에 살며시 뒷문을 열고 사라졌다. 그리고 어김없이 어둠이 드리워지면 뒷문을 열고 소리 없이 들어오곤 했다.

애써 자리를 피해주는지 토호는 첫날의 잔치에서 웅장을 끌어들인 뒤로는 코빼기도 볼 수 없었다. 허기야 가문에 대가 끊길 판인데 무슨 짓인들 못할까 싶어 웅장은 늙은 토호의 심정을 이해할 수 있을 것만 같았다.

"성주님, 말을 대령했습니다요."

시종의 소리에 꿈같은 순간의 기억들이 스르르 스러진다. 달콤하면서도 전혀 현실감은 들지 않는 일장춘몽(一場春夢)처럼 느껴졌다.

말고삐를 건네받은 웅장은 훌쩍 말 위에 올라 성문을 나섰다. 시종이 견마잡이처럼 쫄랑거리며 앞서서 걸어간다. 말도 오랜 경험으로 시종의 뒤를 급하지 않게 천천히 따라간다.

이윽고 다다른 곳은 영산강 포구.

제법 사해만민(四海萬民)들의 왕래가 빈번한 곳이다. 웅장을 알아보는 사람들이 고개를 숙이며 인사를 건넨다. 군데군데 객줏집들이 눈에 띄기도 한다. 객줏집 평상이나 봉노방에는 나루를 건널 사람들이나 보부상들이 제각기 어울려 술추렴을 하고 있다. 반죽이 좋아 너스레를 잘 떠는 주모일수록 객줏집의 분위기가 왁자하다.

이곳의 늙은 주모들은 대개가 기생퇴물들이다. 기방(妓房)에서 도태되어 갈 곳이 없는 퇴기(退妓)들이 이런 포구에서 기둥서방을 하나씩 꿰차고 주막(酒幕)과 여관(旅館)을 겸한 객줏집을 운영하는 것이다.

객줏집에서는 포구를 건너다니는 장사치들이나 인근의 농민들을 상대로 식사나 술을 팔기도 하고, 잠자리를 제공하기도 한다. 뿐만 아니라 어디서 조달하는지 반반한 낭자들을 잘도 구해 와서 심부름을 시키고 있다. 손님을 끌어들이는 미끼라고 해도 지나친 말은 아니다. 어느 객줏집이나 술상을 날라다 주거나 설거지를 하는 처자(處子) 한두 명 거느리지 않은 곳이 없다.

객줏집에서 술을 마시고 기생퇴물인 주모에게 두둑한 셈을 쳐 줄라치면 영락없이 이들과 하룻밤 정분을 나눌 수 있는 것도 항다반사(恒茶飯事)다. 언제부터인가 생겨나기 시작한 객줏집에서의 하룻밤 정분 쌓기는 지역 토호들이 들락거리는 고급 술집인 기생집과는 달리 포구의 농민들이나 어민들, 그리고 보부상 장사치들로 은밀한 성황을 이룬다.

웅장은 뜻밖에도 포구의 객줏집에서 춘심이를 만났다.

포구를 시찰하러 나온 김에 들렀던 객줏집의 주인이 바로 춘심이었다. 춘심이는 웅장이 토호들과 어울릴 때 찾아가곤 하는 기방에서 자주 대했던 기생으로 객줏집에서 맞닥뜨릴 줄은 몰랐다. 더욱이 기방에서는 마음씨 곱기로 소문이 자자하던 춘심이가 객줏집을 운영하고 있을 줄은 상상도 하지 못했다.

영악하지 못해 기방에 출입하는 한량 나부랭이 하나 후리지 못해 기방 살림 꾸리는 게 영 옹색하기 짝이 없던 춘심이가 결국은 포구의 객줏집을 차지한 걸 보니 굼벵이도 뒹구는 재주가 있다는 말이 떠올랐다.

다른 객줏집의 주모들이 기둥서방을 두고 있는 것과는 달리 춘심이는 오라버니 부부와 함께 늙은 부모님을 모시면서 객줏집을 꾸려가고 있었다. 그리고 다른 주모들이 대개 퇴기들이라면 일찌감치 기방을 떠난 춘심이는 아직도 젊은 나이였다.

기생은 젊을 때 돈 많은 부잣집 도련님에게 몸을 주고 기둥서방을 삼거나 기방이라도 하나 선물로 받아야 하는데 영악하지 못했던 춘심이는 이도저도 못 하고 기생으로선 아직도 젊은 나이에 결국 객줏집 주모가 되었던 것이다. 그래도 웅장을 객줏집에서 처음 만났을 때 춘심이는 부모님 모시고 오라버니 부부와 함께 사니 행복하다고 했다.

객줏집도 사연이 있었다. 어리숙한 춘심이를 위해 기방을 가지고 있는 기생 동료들이 십시일반 거두어서 차려 주었다는 것이다. 기방에서 춘심이를 거두고 있던 기생어멈에게 춘심이가 부족장인 웅장에게 마음을 두고 있다는 말도 얼핏 들은 바 있었다. 넌지시 일깨워 주면서 연줄을 놓는 줄은 알았지만, 웅장으로선 섣불리 처신할 수도 없어 애써 모른 체했다.

그런 지 얼마 후에는 춘심이가 기방을 떠났다는 소식을 들었는데 포구의 객줏집에서 다시 만났던 것이다. 그리고 어찌하다 보니 춘심이와 묵은 정을 통하게 되었고, 덕분에 시종 놈도 춘심이의 객줏집에서 일하는 과부와 정분을 내고 말았다.

그래서 시종 놈은 걸핏하면 춘심이의 객줏집을 걸고넘어지려고 한다. 오늘 일만 해도 그렇다. 웅장이 미암성의 늙은 토호에 며느리를 떠올리며 상상의 나래를 펴고 있을 때, 시종은 봄기운에 들뜬 웅장을 포구 시찰이라는 핑계로 춘심이의 객줏집까지 이끌었던 것이다. 애당초 이곳을 염두에 두고 있었던 셈이다.

"오셨습니까?"

"그래, 요즈음 장사는 잘 되는가?"

"특별히 잘 되고 말고 할 것이 뭐 있답니까? 다섯 식구 입에 풀칠이나 하고 살면 되죠."

웅장은 갑자기 찌르르 가슴이 저려왔다. 두어 번 정분을 쌓고 벌써 몇 달이 지나도록 찾아보기는커녕 기별도 없이 지내왔던 것이다. 춘심이의 말이 꼭 자신을 두고 서운함을 토로하는 것 같아 더욱 미안한 생각이 들었다.

"미안하이. 성중의 생활이라는 것이 다람쥐 쳇바퀴처럼 끝이 없어서…."

"아니 저는 그런 뜻으로 드린 말씀이 아닙니다."

"앞으로는 자주 들리기로 함세."

"그런 것이 아니라니까요."

춘심이가 정색을 하며 극구 부인을 한다. 그러더니 넌지시 눈짓을 하며 안채 대문으로 앞장을 선다. 다른 집들과 달리 춘심이의 객줏집은 안채와 바깥채 사이에 대문이 있어 주막과 안채가 완전히 독립되어 있었다. 물론 늙은 부모님을 배려한 구조였다.

"안에 계십니까?"

춘심이가 안채의 어느 방문 앞에 가더니 기척을 하며 부른다.

"예, 제가 나가겠습니다."

춘심이의 말에 안에서 대답과 함께 방문이 열리더니 늙은 사내가 댓돌에 놓인 짚신을 꿰고 나선다.

"뵙고자 하시던 반남성 성주님이십니다."

"성주님, 소인을 못 알아보시겠는지요?"

"글쎄?"

"소인 미암성의 토호이신 역창 어르신 집에서 일하고 있는 종놈입니다. 성주님께서 작년에 어민 살해 사건을 항의하기 위해 군사를 이끌고 미암성 근처로 오셨을 때 저희 집에서 숙침(宿寢)을 하셨지요. 그때 먼발치로 성주님을 뵈었습니다."

"아~아 그랬던가?"

"역창 어르신의 전갈을 가져왔습니다. 성주님께 연통을 넣을 기회만 엿보며 이곳에 머무르고 있는 지가 벌써 달포쯤 되었지요."

"달포씩이나?"

"예, 마님의 배려로 객줏집 허드렛일을 도와주며 기거하고 있었습니다. 안으로 들어가시어 소인이 가져온 역창 어르신의 전갈을 받아주시면 성주님의 은혜 고맙게 받자올까 하옵니다."

"허~어 벌써 1년도 더 지났단 말인가?"

"1년이 아니라 1년하고도 석 달이 지났습니다."

"그러게 말일세. 어르신은 무고하시고?"

"안으로 드시면 소인 소상히 아뢸 것입니다."

"그러세. 어디 안으로 들어가서 그동안의 미암성 소식이나 들어볼까?"

웅장은 방안으로 들어가 토호의 종으로부터 미암성 소식을 들었다.

　미암성으로 출정했을 때 그 집에 머무르게 해줬던 토호의 이름이 역창이라는 사실은 그날 처음 알았다. 웅장과 동침하며 정분을 쌓았던 萬古絶色[만고절색]의 청상(靑孀), 역창의 며느리가 임신하여 아이를 낳았다는 소식도 들었다.

　"아이가 태어났단 말이지?"

　아이가 태어났다면 토호 역창의 계획대로 모든 것이 순조롭게 진행되었다는 뜻이니 누이 좋고 매부 좋은 결과가 아닌가? 웅장은 대수롭지 않게 그런 생각을 했다.

　"역창 어르신의 집에서 살아가는 종놈들도 쉬쉬하면서도 임신을 당연한 사실로 받아들이며 주인댁이 대를 잇게 된 것을 저마다 자신의 일처럼 기뻐했지요."

　아랫것들이 주인댁의 경사를 기뻐하는 것도 당연해 보였다.

　"그런데 문제가 생겼습니다요."

　"문제라니, 어떤?"

　"임신 소식에 역창 어르신이 얼마나 기뻐하셨는지 모릅니다. 그런데 막상 해산을 하고 보니 아들이 아니라 딸이 태어났던 것입니다."

　웅장도 미처 그런 일은 예상하지 못한 바였다.

　"딸이 태어났다고…?"

　대를 잇자고 벌인 일이거늘 아들이 태어나야지, 딸이라면 헛수고가 되고 마는 셈이었다. 웅장은 입맛이 썼다.

"역창 어르신께서 이만저만 실망하신 게 아니었습니다."

"왜 아니겠는가?"

"실은 어르신보다 더 실망하신 분이 아씨마님이셨지요."

저간의 사정을 훤히 짐작하면서도 웅장은 할 말이 없었다.

아무리 가문의 대를 이어야 한다는 시아버지의 간청을 물리치기 어려웠다고는 해도 외간남자의 침소(寢所)로 찾아 들어갔다는 사실은 용서받을 수 없는 일이었다. 다행히 시아버지나 자신이 바라던 대로 아들을 낳아 대를 이을 수 있었다면 모르되, 딸이 태어나 대를 잇지도 못하고 보면 자괴감을 감당하기도 쉽지 않았을 것이다.

"아씨는 결국 스스로 영산강에 몸을 던졌지요."

"아~아~!"

웅장은 저도 모르게 탄식을 했다. 이 무슨 변고란 말인가.

미암성 토호의 종놈이라는 말에 대뜸 그 집의 청상 며느리를 떠올리고 운우지락(雲雨之樂)의 순간들을 되새김질하며 달콤한 상상의 나래를 펼치던 찰나, 졸지에 만리장성을 쌓았던 천하절색의 미녀가 영산강에 몸을 던져 자살했다는 소식을 듣게 되었으니 웅장이 절로 탄식을 내뱉은 것도 당연지사였다. 며느리에 대한 애틋한 감회에 빠져서 출행을 하게 됐고 갑자기 그집 늙은 종놈을 만나자 더욱 며느리에 소식이 궁금했던 차 갑자기 강물에 몸을 던졌다니 신음이 자신도 모르게 입 밖으로 터져나온 것이다. 그러나 토호에 집에 잔뼈가 굳어있는 늙은 종놈에 수완은 성주웅장은 적수가 되지 못했다. 태어날 때부터 종놈의 신세로 태어나서 역창이라는 토호에 집안 살림을 도맡아서 할 정도라면 종놈이 얼마큼 영특한지를 알 수 있을 법한 일이었다. 웅장에 이런 표정을 한 순간도 놓치지 않는 소완 좋은 늙은 종놈은 입가에 야릇한 미소를 흘리며 말을 이어갔다.

"그런데 천우신조(天佑神助)로 지나가는 어부가 의하여 마님은 살아날 수가 있었습니다."

웅장은 으음 목구멍에서 안도의 된 소리를 내며

"그래서....."

하며 다음 말을 재촉했다.

일단 늙은 토호에 며느리가 강물에서 구해진 것은 사실이니 아직 살아있는 것만은 확실하게 여겨졌다.

"이제 저간의 사정은 모두 성주님께 말씀 올렸습니다. 저희 역창 어르신께서는 성주님의 분부만을 고대하고 있습니다. 하명(下命)해 주시기 바랍니다."

웅장은 늙은 사내의 말에 한 순간 당황했다.

'아니 갑자기 무슨 분부를 고대하고 있단 말인가? 하명이라니…?'

처음에는 늙은 사내의 말뜻과 의도를 얼른 알아차리지 못했다. 그러다가 웅장은 다음 순간 번뜩 머리에 떠오르는 게 있어서 되물었다.

"아기를?"

"역시 성주님께서는 마한, 진한, 변한의 삼한 일대 부족장 중에서 가장 훌륭하신 분으로 추앙받아 마땅하신 분입니다."

웅장은 늙은 사내가 입에 발린 소리를 해대는 줄 알면서도 내버려두었다. 평생을 토호의 종놈으로 살아왔다면 말린다고 제 할 소리를 그만두지는 않을 테니까. 결국은 제 나름으로 뜸을 들인 다음에야 정작 꼭 해야 할 말을 하게 마련이었다.

"우리 마한 내에만 해도 영산강 줄기의 미암성과 반남성이 있고, 고개 넘어 탐진강 줄기에는 장흥성과 병영성이 있습니다. 이처럼 세를 이룬 여러 부족의 부족장 중에서 누가 반남성 웅장 성주님의 명성을 따를 수 있겠습니까? 성주님에 대해서는 삼한에 칭송이 자자합니다."

늙은 사내는 역시 노련한 종놈이었다. 웅장의 가려운 부분을 잘도알고 시원하게 긁어 주고 있었다.

"그러면 자네 댁의 아씨마님은?"

웅장으로서는 제 핏줄에 대한 애착도 있지만, 며느리에 대한 운우지락의 미련 또한 떨쳐 버릴 수가 없었다. 말을 하는 순간에도 미암성에서 의 쾌락에 몸이 비틀리는 것을 느꼈다.

"역창 어르신께서는 아쉽고 서운한 일이지만 이것 또한 하늘의 섭리라 여기고, 아기와 함께 아씨도 보내드리는 것이 도리가 아니겠느냐고 말씀 전해 올리라 하셨습니다."

"마님도?"

이제 토호 역창의 속셈은 늙은 종놈의 설명을 더 듣지 않더라도 알고도 남을 만했다. 아들이라도 낳았으면 청상(青孀)의 며느리를 붙잡아두고 대를 잇겠다고 하겠지만, 딸을 낳고 말았으니 아기도 며느리도 모두 애물단지가 된 셈이었다. 웅장은 역창의 속셈이 괘씸하다는 생각이 들었지만 그것을 따질 겨를은 없었다.

"예, 역창 어르신께서 그렇게 전해 드리라고 하셨습니다."

늙은 종놈은 이미 웅장의 속내를 훤히 꿰뚫고 있었다. 웅장은 아기도 보고 싶고, 아기 엄마도 만나고 싶다는 생각이 간절했다. 그러다가 한 순간 정신이 번뜩 돌아왔다.

반남성 안에서 눈에 불을 켠 채 자신의 일거수일투족을 살피는 존재 때문이었다. 웅장은 절로 한숨이 터져 나왔다.

"성안에 계신 마님 때문이십니까?"

이건 또 무슨 소린가? 한참동안 침묵이 흘렀다.

늙은 종놈은 웅장의 형편을 어디까지 알고 있단 말인가? 마음속까지도 꿰뚫어보고 있는 느낌에 웅장은 몹시 불편했다. 토호 역창의 종놈이라는 늙은 사내의 정체는 도대체 뭘까?

춘심이의 객줏집에서 달포를 머무는 동안 반남성 사정은 모두 염탐했을 것이다. 더구나 이곳 영산강 포구는 마한 일대 부족의 장사치들이 가장 빈번하게 교역을 하는 곳이 아니던가. 영산강 줄기에 여러 부족들이 터전을 닦은 마한은 낙동강과 섬진강 줄기에 정착한 부족들인 변한, 진한과 더불어 삼한(三

韓)을 형성하고 있었다.

"으~음~흠."

웅장은 헛기침으로 부인의 이야기에 대한 대답을 대신했다. 물론 역창의 늙은 종놈이 속속들이 알게 된 웅장의 이런 속사정은 달포를 객줏집에 머물면서 수집해둔 소문에 바탕을 두고 있었다. 그리고 이미 아기와 더불어 역창의 며느리에 대한 나름의 방안을 가지고 웅장을 만나자마자 꼼짝없이 받아들이도록 들이밀려고 하는 것이었다.

"성주님, 이놈의 계책을 한 번 들어 보시렵니까?"

"계책이라니?"

"어쩌면 마님의 눈길을 피하는 좋은 방도가 되는지 모르겠습니다만…."

웅장은 늙은 종놈이 능청스럽게 흘리는 미소에 심사가 뒤틀렸다. 그러나 어쩌랴? 이죽거리듯 말하는 본새로 봐서는 자신의 속내를 다 알고 있는 눈치가 아닌가.

"좋은 방도가 있다니 어디 한 번 들어나 보세."

아니꼬운 생각이 들었지만, 들어본다고 나쁠 것도 없겠다 싶었다.

"그럼요. 역시 성주님은 마한 일대에 이름을 떨칠 지도자이십니다."

"입바른 소리는 그만하고 냉큼 그 계책이나 들어보세."

"성주님 안방마님의 투기심은 마한 제일이라고 들었습니

다."

"으~으~흠."

웅장은 짐짓 헛기침으로 무안함을 피해갔다. 실제가 그렇다고 하더라도 아랫것들에게 그런 이야기를 듣는다는 것이 유쾌할 까닭은 없었다. 더구나 역창의 종놈이라는 이 늙은 사내는 웅장의 속내를 쥐락펴락 하면서 가지고 논다는 느낌마저 드는 것이다.

"이곳 객줏집의 주인마님도 한때는 성주님을 연모했다고 들었습니다."

웅장은 역창의 종놈을 자처하는 이 사내를 새삼 돌아보면서 여간내기가 아니라는 데 생각이 미쳤다. 그러면서 여태 그가 지껄여온 이야기를 되짚어봤다.

영산강 포구의 객줏집에서 춘심이를 따라 안채로 들어갔을 때 불쑥 나타나 토호 역창의 종놈이라고 자신을 소개했을 때만 해도 대수롭지 않게 생각했다. 그저의 토호가 소식이나 전하자는 줄 알았던 것이다.

그런데 청상의 토호 며느리가 임신을 하여 아이를 낳았다는 이야기를 했고, 이어 그 아이가 사내아이 아닌 계집아이라서 대를 잇지 못하는 바람에 어미가 영산강에 스스로 몸을 던졌다는 이야기를 했다. 그 이야기를 하면서부터 늙은 종놈이 자신의 기색을 주의 깊게 살피고 있다는 사실을 웅장도 느끼고 있었다.

사실 자신의 핏줄이 분명한 아이에 관한 이야기를 들을 때나 아이의 어미가 영산강에 몸을 던졌다는 이야기를 들을 때는 자신의 표정이 눈에 띄게 변했으리라는 것을 웅장은 스스로도 깨닫고 있었다. 그러니 역창의 늙은 종놈에게 속내를 들킨 셈이었다.

심지어는 청상의 토호 며느리에 대한 이야기를 하면서는 제나름으로 줄거리를 만들어서 뜸을 들이며 웅장을 쥐락펴락 하려고 했다는 느낌마저 들었다.

어쩌면 웅장이 그녀를 그리워하고 있다는 낌새를 확신하면서 짐짓 그녀가 영산강에 빠져 죽었다고 운을 띄워 웅장의 표정을 살핀 것도 그렇고, 영산강에 몸을 던졌지만 지나가던 어부가 구해서 목숨은 건졌다는 이야기로 몹시 허탈해 하던 웅장의 마음을 안도하게 만든 것도 애당초의 의도였다는 생각마저 드는 것이다.

그뿐인가. 웅장 부인의 투기심이 마한 제일이라는 소문에 대해 아무렇지도 않게 내뱉고, 춘심이가 한때 웅장을 연모했다는 말까지 스스럼없이 지껄이고 있는 것이다. 이쯤 되면 늙은 종놈의 저의를 염려하고 의심해보지 않을 수가 없다.

"객줏집 주인마님과는 지금도 각별한 관계라고 수군거리더군요."

웅장은 기가 찼다. 춘심이의 객줏집에 머문 지 달포밖에 안된 녀석이 반남성 성주인 자신과 성내(城內)의 사정을 어디까지 알고 있는지 짐작조차 할 수 없었기 때문이다.

'이것 봐라, 저놈의 주둥이가 잘도 지껄이는구나.'

웅장은 늙은 종놈의 노회한 언사에 혀를 내두르며 되물었다.

"그래서?"

늙은 종놈은 웅장이 내지르듯이 되묻는 말에도 전혀 동요하는 기색이 없었다. 미리 짐작하고 있던 반응이라는 태도였다. 오히려 느물느물 웃음까지 머금은 채 입을 열었다.

"당장은 제 말씀이 귀에 거슬리실지 몰라도 성주님께는 꼭 필요한 방안이 될 성싶습니다. 한 번 들어보시렵니까?"

말하는 본새가 마음에 드는 것은 아니었지만, 늙은 종놈이 내놓을 계책 말고 뾰족하게 대안을 마련할 수도 없었다. 웅장으로서는 실로 느닷없이 맞닥뜨린 국면을 헤쳐 나가자면 어쩔 수 없이 늙은 종놈에게 기댈 수밖에 없는 처지였다.

그런 사정을 깨닫고 보니 늙은 종놈의 느물느물하고 교활해 보이던 낯짝이 보기 싫지가 않았다. 보기 싫기는커녕 늙은 종놈 정도면 웅장의 걱정을 말끔히 씻어줄 계책을 선보일 것 같은 믿음에 슬그머니 호감마저 들었다.

어차피 이런 일을 당하면 저 좋을 대로 생각하는 것이 인지상정인 데다 어려운 형편일수록 조그마한 가능성이라도 보이면 어디라도 기대려고 하는 게 사람인지라 웅장은 이미 늙은 종놈에게로 기울고 있었다.

웅장은 한 술 더 떠서 늙은 종놈이 살 길이라도 열어줄 것 같은 생각이 들자, 이번에는 본 적도 없고 말로만 들은 자식에 대한 혈육지정과 운우지락을 즐겼던 청상(靑孀)에 대한 그리움까지 채우려는 욕심까지 생겼다. 그러자 상판대기가 징그럽다고 여겨지던 늙은 종놈의 낯짝이 영 딴판으로 달라 보였다.

"아기씨는 성주님의 혈육이니까 당연하고, 기왕에 맺은 인연이니 아씨도 함께 모셔 와야죠?"

웅장이 바라던 바가 아닌가. 웅장은 늙은 종놈의 말을 수긍하며 되물었다.

"모녀를 데려온 다음에는 어떻게 하란 말인가?"

"이곳 객줏집 주인마님이 성주님과 각별하시니 여기에 의탁하게 하시면 어떨는지요? 이따금 내밀(內密)하게 왕래하시기도 좋고…."

춘심이의 객줏집에 모녀를 맡기면 어떠냐는 늙은 종놈의 말에 웅장은 말문이 막혔다. 제 입으로 춘심이와 각별한 관계라고 떠벌이더니 각별한 관계인 춘심이가 운영하는 객줏집에 미암성의 모녀를 맡기라고?

가타부타 말을 잇지 못하는 웅장의 기미를 눈치 챈 늙은 종놈이 슬그머니 곁으로 다가와 나직이 속삭였다.

"객줏집 주인마님은 걱정 마십시오. 달포 가까이 함께 살면서 말씀을 들어보니 성주님을 위해서라면 무슨 일이든 받아들일 분입니다."

늙은 종놈은 자신이 그린 그림대로 일을 꾸려 나가기 위해 객줏집에 달포를 머무는 동안 이미 춘심이의 마음을 돌려놓았다는 이야기인 셈이다.

"춘심이가 그래도 좋다고 했단 말이지?"

"객줏집 주인마님은 염려 마십시오. 아씨 모녀를 객줏집에 모시려고 하는 데는 다른 뜻도 있습니다."

"다른 뜻이라니?"

"성주님도 대를 이을 태자님이 없는 줄 알고 있습니다. 만약 아씨에게서 태자가 태어난다면 이 또한 성주님의 복이자 반남성의 근심을 덜게 될 것입니다. 물론 성에 계시는 큰 마님이 모르시도록 은밀히 해야겠지요. 까딱 큰 마님이 아시기라도 하면 작은 마님 모녀나 객줏집 주인마님은 죽은 목숨이나 마찬가지일 테니까요."

웅장은 늙은 종놈의 태연한 입담에 넋을 잃었다. 도시 이놈의 여우같은 교활함과 너구리같은 넉살은 끝을 가늠하기 어려웠다.

웅장의 존재는 안중에도 없고 웅장의 생각 따위는 염두에 둘 것도 없다는 것인지, 아니면 이미 웅장의 머리 꼭대기에서 그의 마음을 꿰고 있다는 뜻인지 큰 마님이니 작은 마님이니 객줏집 주인마님이니 내키는 대로 입에 올리며 말을 이어갔다.

웅장은 늙은 종놈의 말과 말끝마다 내놓는 계책에 혀를 내

둘렀다. 달포 동안의 객줏집 유숙으로 반남성 사정을 이렇게 소상히 염탐해서 미주알고주알 대책까지 제시할 뿐만 아니라 하나하나의 대책이 예사롭지도 않았다.

늙은 종놈은 웅장이 도저히 거절하지 못할 줄 이미 예상하고 있는 듯했다. 그저 예상하는 정도가 아니라 확신이라도 하고 있는 듯이 자신만만했다.

웅장은 새삼 늙은 종놈을 눈여겨보면서 토호 역창이 부럽다는 생각마저 들었다. 자신의 시종(侍從)이란 녀석은 토호의 늙은 종놈에 비하면 눈치며 재주가 어림 반 푼어치도 없지 않은가. 시종이란 녀석이 모시는 성주의 마음이나 기분 따위에는 아랑곳하지도 않는 것이다.

그건 그렇다 치더라도, 객줏집 과부와 정을 통한 후로는 고양이 생선 탐하듯이 눈치를 살피면서 어떻게 하면 웅장의 행로를 객줏집으로 잡을 수 있을까 하는 데만 골몰하는 눈치였다.

어쩌면 시종은 상전인 웅장도 모르는 사이에 혼자서 여러 번 객줏집을 드나들었을지도 모른다. 웅장이 춘심이의 객줏집을 다녀간 지가 반년이나 지났는데도 시종이 여전히 틈만 나면 객줏집을 들먹거리는 것으로 미뤄봐서.

재회

웅장은 성문을 나섰다.

마음은 무어라 표현할 수 없을 정도로 날아갈 것만 같았다. 그 늙은 토호에 종놈의 계획은 생각보다 치밀했다. 지금도 늙은 종놈의 말이 귓가에 쟁쟁하다.

"성주님, 앞으로는 처신을 더욱 조심하셔야 합니다. 특히 이곳에 오실 때는 시종이나 동행 없이 반드시 혼자 오셔야 합니다."

모든 비극의 발단은 주위의 사소한 실수로부터 비롯됩니다. 남의 눈을 피하려면 먼저 스스로의 처신을 경계할 수밖에 없습니다. 만약에라도 일이 잘못되면 작은 마님 모녀가 어떻게 되겠습니까? 한 마디로 불쌍한 인생이 되고 마는 거지요."

웅장은 입맛을 다셨다. 부인의 투기로 미뤄봐서 틀린 말은 아니었기 때문이다. 뿐인가. 부족장이자 성주인 자신의 입지마저 위태로울 수도 있었다.

"성주님께서 각별히 유념하고 주의해 주신다면 제가 안전하게 작은 마님과 아기씨를 이곳으로 모셔 오겠습니다. 이런 사실이 세상에 드러나지 않도록 해야 성주님이나 작은 마님 모녀뿐 아니라 장차 태어날 성주님의 후계도 도모할 수 있기에 드리는 말씀입니다."

웅장은 늙은 종놈이 하자는 대로 하면서도 미심쩍은 점이 있었다.

토호 역청이 애당초 청상의 며느리와 짝을 지어준 것은 그가 말한 대로 자기 가문의 대를 잇기 위해서라고 했으니 그러려니 할 수 있었다.

그렇더라도 임신한 며느리가 딸을 낳는 바람에 대를 이을 수 없게 된 마당에 왜 새삼스럽게 보통 놈은 아닐 성싶은 늙은 종놈을 붙여 시앗 살림을 봐주는 까닭이 뭔지는 선뜻 납득할 수 없는 대목이었다.

웅장이 영산강 뱃길을 장악하고 있는 토착세력인 나씨(羅氏) 가문의 딸과 혼례를 치른 지도 벌써 7년이 지났다. 슬하에 자식이 태어나지 않는 바람에 양가 가문에서도 걱정이 이만저만 아니었다. 자식이야말로 눈으로 확인하는 미래였기 때문이다.

웅장의 가문은 이 지역 토착세력은 아니었다. 원래 북방에서 생활하던 선비 가계(家系)를 이루며 생활하고 있었다. 고고한 인품과 출중한 학식으로 추앙을 받던 가문이었다.

웅장의 조부(祖父)는 북방 부족 부족장의 자식들을 교육시키는 자리에 있었다. 그런데 북방 부족의 신하가 모반을 일으켜 성주 일가를 참살하는 정변이 일어나는 바람에 부족장이 바뀌었다. 그러자 웅장의 조부와 일가족은 모반한 성주의 회유에도 불구하고 몰래 북방 부족을 탈출하여 남하하다가 반남성 토착세력인 나씨(羅氏) 가문의 식객이 되었다. 그리고 나씨 가문의 도움으로 토호의 자녀들을 가르치면서 반남성에서도 추앙받는 선비 가계를 이루게 된 것이다. 인품과 학식으로 반남성에서 터를 잡은 선비 집안의 손자를 눈여겨본 나씨 가문에서 웅장을 사위로 맞을 때만 해도 정략적인 의미를 가진 혼인은 아니었다.

그런데 토착세력들 사이의 힘의 균형이 미묘해지면서 웅장이 부족장으로 발탁되는 뜻밖의 상황이 만들어졌다. 유력한 토착세력인 나씨 집안으로 권력이 바로 넘어가는 것을 염려하던 여러 씨족들이 웅장을 추대하자 나씨 가문에서도 인척(姻戚)인지라 어렵사리 수긍을 하여 웅장이 반남성 성주가 되었던 것이다.

그러나 웅장성주의 부친이 이들의 혼례를 승낙한 것은 꼭 사돈의 세력에 의해서만은 아니었다.

웅장이 나씨 가문과 혼인하게 된 또 다른 배경도 생각해볼 수 있다.

영산강의 뱃길을 장악하여 부(富)를 축적하고 무력(武力)을 확보한 나씨 가문으로서는 존경받는 학자 집안과 사돈을 맺음으로써 거칠고 투박한 인상을 희석시키는 데 도움이 될 것으로 판단했고, 웅장의 집안으로서도 유력한 토착세력과 결속을 다짐으로써 경제적인 도움과 함께 이주 지역에서의 정착에 유리할 것으로 판단했을 가능성이 크다.

그러나 집안의 이해타산 때문에 혼인이 이루어진 것만은 아니었다. 역시 훈장으로 반남성 아이들을 가르치는 웅장의 부친이 혼례를 승낙한 데는 다른 이유도 있었다. 웅장의 장인이 되는 사돈의 인품을 높이 샀기 때문이다.

사돈은 재산이 많고 사병을 거느린 토호이긴 하지만 선대와는 달리 무력으로만 행세(行勢)하려고 하지 않았다. 학문과 예의를 존중할 줄 알고 주위의 어려운 사람들을 살피며 인색한 대신 베풀기를 마다하지 않아 반남성에서도 칭송이 자자했다.

그렇다 보니 웅장의 결혼은 당사자들의 의사와는 무관하게 사돈들끼리 의기투합하여 이루어졌다고 해도 지나친 말이 아닐 것이다.

웅장은 부친이 내심 원하시던 자리여서 별다른 의견 없이 혼인을 했지만, 처가가 유력한 토착세력이다 보니 이주해온 집안의 자식이라는 자격지심 때문에 공연히 눈치를 살필 수밖에 없는 처지였다.

더욱이 부인의 투기심은 상상을 초월했다.

첫 손가락에 꼽는 반남성 토호의 재롱받이로 자란 부인의 투기심은 그야말로 하늘을 찌를 듯했고, 누구의 설득도 통하지 않았다. 웅장이 실수를 하여 시녀들에게 눈길이라도 향하는 기미가 보일라치면 그 시녀는 바로 다른 곳으로 내쳐질 정도였다.

질투 중에서 가장 무서운 게 시앗에 대한 투기(妬忌)라고 하거니와 근거도 없이 생사람 잡듯이 강짜를 부리는 데는 아무리 무골호인 남편이라도 속수무책일 수밖에 없었다.

살가운 정이나 편안함보다는 강짜로 지고 새는 7년 세월에 태어난 자녀도 없다 보니 웅장으로서는 물에 물 탄 듯 미지근한 나날이었다.

웅장의 부친을 비롯한 어른들이 집안의 대를 잇는 문제로 걱정이 많을 텐데도 기세등등한 토착세력인 사돈의 가문이 조심스러워서 대놓고 입에 올리는 사람은 없었다.

"후사를 보려면 첩이라도 들이라고 해야 하지 않겠소?"

오히려 장인장모를 비롯한 처가 어른들이 걱정하고 있다는 소식과 자녀에 대한 바람이 가끔씩 전해져 왔다. 물론 막무가내인 부인의 심기를 건드리지 않도록 조심하면서.

7년 동안의 무덤덤하고 미지근한 결혼생활에서 자녀가 없었던 웅장은 솔직히 자식 이야기라면 남의 일처럼 치부하고 있었다.

그러다가 미암성으로 출정(出征)했을 때 현지의 토호 역청이 대를 잇기 위해 자신에게 청상(靑孀)의 며느리와 동침해 달라고 요구하는 바람에 대를 잇는 문제와 자식에 대한 관심이 새로워졌다고도 할 수 있다.

절세가인과 정분을 쌓는 외도(外道)에 대한 호기심이나 청상과의 雲雨之樂[운우지락]도 그렇거니와 그런 식으로라도 자식을 보고 대를 이으려는 생각이 어쩌면 자신의 처지와 동병상련(同病相憐)일 수도 있겠다 싶었던 것이다.

그런데 그 일이 이렇게 되돌아올 줄은 생각지도 못했던 터였다.

역창의 늙은 종놈은 자신의 계획에 대해 웅장에게 세심한 설명을 덧붙인 다음 춘심이의 객줏집을 떠났다. 그리고 늙은 종놈이 객줏집으로 다시 오기로 약속한 날이 오늘이었다.

웅장은 물론 늙은 종놈의 말대로 이제부턴 시종도 없이, 아니 시종은커녕 성안의 그 누구도 모르도록 잠행(潛行)의 나들이를 해야 했다.

늙은 종놈의 말대로라면 객줏집의 안채는 토호 역창의 재물로 이미 춘심이 안채를 사들였을 것이다. 그리고 춘심이의 부모와 오라비 부부가 살 집은 객줏집 인근에 따로 마련해 준다고 했다.

그런데 춘심이가 문제라면 문제일 수도 있었다. 어쨌거나 기방에 있을 때는 웅장을 마음에 품고만 있었더라도 객줏집에서 만난 후로는 정을 통한 사이가 아닌가? 오며가며 불장난하

듯이 통정(通情)을 했다고 해도 남녀 간의 일은 알다가도 모를 참인데, 늙은 종놈이 어떻게 구워삶았는지 청상의 시녀 노릇을 하겠다고 자청한 것이다.

웅장과 춘심이의 관계가 별 볼일 없고 늙은 종놈이 두둑한 셈을 쳐주었다고 하더라도 아예 객줏집을 넘기고 떠나는 대신 시녀 노릇까지 하겠다고 나설 줄은 미처 예상하지 못한 바였다. 그러고 보면 토호 역창의 재물 덕분이기는 해도 늙은 종놈의 수완이 생각하던 것보다도 훨씬 대단했다.

남들의 이목을 피하기 위해 여전히 춘심이가 객줏집을 운영하는 듯이 보였지만, 객줏집은 경제적인 지원을 넉넉하게 받으며 오라비 부부가 과수댁과 처자 둘을 부리며 꾸려 나가고, 춘심이의 역할은 시녀로서 안채에만 신경을 쓰면 되었다.

이 일로 춘심이는 기방을 하나 차릴 만큼 실속을 챙겼다. 물론 늙은 종놈이 가져온 토호 역창의 재물 덕분이었다. 따로 설명할 필요도 없이 상판대기 구경하기 힘든 웅장을 기다리며 독수공방하기보다는 이 기회에 한 밑천 챙기는 것이 훨씬 실속은 있을 법했다.

춘심이 입장에서는 나이 들수록 그 까짓것 순정이니 뭐니해도 점점 감흥이 사라졌다. 오로지 먹고사는 일이 급선무로 여겨졌다. 그런데 웬 복덩이 호박이 덩굴째 굴러들어온 셈이다.

"아씨마님과 아기씨를 잘 모셔주기만 하면 그 대가는 후하게 쳐주겠소."

늙은 종놈의 얘기에 그녀는 스스로 시녀가 되기를 마다하지
않았다.

객줏집에서 가까운 곳에 오라비 부부가 부모님을 모시고 살
여염의 살림집을 마련한 것만 해도 과분한 일이었다.

이렇게 되어 객줏집의 안채는 아씨마님과 아기 씨 차지가
되었고, 춘심이는 곁방에서 시중을 들면서 이따금씩 오라비의
객줏집을 거들어 주면 되었다.

"우리 아씨마님의 시아버지는 미암성에서 세 손가락 안에
드는 부자라네."

재물을 쓰는 것도 그렇거니와 늙은 종놈의 말을 믿지 않을
까닭은 없었다. 그동안 귀동냥으로 듣기로 그 시아버지라는
토호는 영산강이 바다로 들어가는 하구(河口)에 인접한 갯벌
에서 일찍부터 염전(鹽田)을 일구어 마한 일대에 소금을 팔아
부를 축적했다고 한다.

반남성의 토호이자 웅장의 처가인 나씨 집안이 영산강 뱃길
을 장악하여 뱃삯과 교역(交易)으로 재물을 모았다면 미암성
의 토호는 염전을 일구어 부를 쌓았다는 것이다.

반남성이나 영산강 일대에서 어부 참살 사건을 모르는 사람
은 없었다. 삼한의 일개 고을에서 일어난 사건이지만 부족끼
리의 이해가 얽히다 보니 군사력까지 동원하는 사태로 번졌던
것이다. 물론 군사력을 동원한 것은 당장의 공격이 목적이라

기보다 협상을 유리하게 이끌기 위한 일종의 항의요 시위였던 셈이다.

웅장이 협상을 유리하게 이끌어 만족할 만한 보상을 받고 돌아왔을 때 반남성의 만민(萬民)은 열렬히 환영했다. 춘심이도 먼발치에서나마 말을 타고 앞장선 웅장의 모습에 사뭇 가슴이 두근거렸다.

그런데 그때 은밀하게 외도를 하고 왔다는 것이다. 춘심이는 늙은 종놈으로부터 들어서 저간의 사정을 소상히 알고 있었다. 한때는 은근히 연정을 품기도 했고 그의 씨앗을 탐해보기도 했던 사람이라 야속한 생각이 들기도 했다. 그러나 객줏집에서 마주쳐 스쳐 지나듯 살을 맞대기도 했으나 그것으로 그만이었다. 임을 봐야 별을 딴다고 그런 어설픈 인연으로 씨앗을 기대한다는 것은 말도 안 되는 바람이었다.

어쨌거나 지난 반 년 동안에 두어 번의 인연이지만 웅장 성주와의 잠자리 덕분에 토호 역창의 늙은 종놈에게 발탁되어 한 몫을 잡은 것은 분명한 사실이었다.

늙은 종놈은 이력이 난 세작(細作)처럼 치밀하게 잘도 조사하여 웅장과 끄나풀이 달린 춘심이를 찾아낸 다음 그녀의 객줏집으로 왔고, 이곳에서 달포를 머물며 끈질기게 기다린 끝에 마침내 웅장을 만났던 것이다.

늙은 종놈의 머릿속에서 꾸며진 일들이 춘심이와 웅장을 만나면서 하나씩 모습을 드러내기 시작한다. 늙은 종놈이 춘심이가 할 일을 소상하게 일러주고 떠난 지 달포쯤 될 무렵 약속한 대로 오밤중에 쥐도 새도 모르게 가마가 객줏집 안채로 들어섰다.

농사꾼으로 꾸민 토호 역창의 사병들이 저마다 무기를 숨긴 채 가마를 메고 왔는데, 그 무리의 우두머리쯤 되어 보이는 사내가 춘심이에게 오금을 박듯 늙은 종놈의 이야기를 전했다.

"약속을 꼭 지키시라는 집사 어른의 당부 말씀을 전해 올립니다."

스스로 역창의 늙은 종놈으로 자처했던 그 사람이 집사였다는 것을 그제야 알 수 있었다. 그 말을 전하더니 사내와 가마꾼들은 쏜살같이 사라져 버렸다.

춘심이는 그 말을 듣자 머리끝이 송연해졌다. 웅장과 어떻게 하기로 수작을 부렸는지 만족스러운 표정으로 모든 셈을 치른 늙은 종놈은 본거지로 돌아가면서 입가에 비열한 미소를 흘리며 말했다.

"약속은 꼭 지키셔야 합니다. 만약 아씨마님과 아기씨의 신변에 무슨 일이라도 생긴다면 춘심이 마님과 부모님, 오라비 부부까지 온 가족이 다시는 햇빛 구경을 할 수 없을 것입니다. 여기서 도망쳐서 삼한 땅을 벗어나더라도 배신의 대가는 반드시 치러야 합니다. 어디로 가시든 우리는 꼭 찾아낼 테니까요."

춘심이는 이제까지 공손하게 굽실거리기만 하던 늙은 종놈의 다부지고 잔인해 보이는 표정에 오싹 소름이 끼쳤다. 한 마디로 까무러치게 놀란다는 말을 실감할 수 있었다. 이럴 줄 알았으면 객줏집이나 꾸려 먹고살 터인데, 호의랍시고 재물을 아끼지 않는 늙은 종놈의 수작을 의심은커녕 얼씨구나 하고 반긴 결과였다.

춘심이는 가마꾼 우두머리가 전한 집사 어른의 당부 말씀을 듣고 아랫도리에 맥이 빠지는 느낌이었다. 딱히 속았다는 느낌은 아니더라도 뭔가 켕기는 것은 분명했다. 늙은 종놈이라고 자처하던 사람이 집사 어른이라는 이야기를 듣자 바보스러울 만큼 어리숙하게 행동하는 척 철저하게 위장하면서 모든 것을 꿰뚫어보고 있었다는 생각이 들었다. 무엇보다도 일이 자기 뜻대로 성사될 성싶으면 냉혹하고 잔인하게 매듭짓는 태도에 대해 몸서리가 쳐질 지경이었다.

그렇더라도 춘심이가 한가하게 앞뒤를 재며 호불호를 따질 계제는 아니었다. 가마를 안채로 들이고는 가마꾼들이 선걸음에 객줏집을 떠나야 할 정도로 은밀한 행차였기 때문에 서둘러 가마에 타고 온 사람들을 안채의 안방으로 모셔야 했다.

"안으로 드시지요."

춘심이가 가마의 발을 걷고 안을 들여다보며 말했다. 가마 속에는 아기를 안은 미암성 토호에 며느리가 앉아 있었다. 허구 헌 날 기방에서 계집들 속에 파묻혀 살아온 춘심이가 봐도 넋이 빠질 만한 미모의 여인이었다. 그리고 포대기 속의 아기씨는 또 어찌 그렇게 예쁘고 귀여운지 애기를 낳아본 적이 없는 춘심이의 혼을 쏙 빼놓는 것 같았다.

춘심이는 아씨마님과 아기씨라는 모녀를 안방으로 모시면서 저 정도라면 웅장 성주도 홀딱 반하겠다는 생각과 함께 시녀로서 가까이 모시게 된 것만도 다행이라는 느낌도 들었다.

춘심이의 객줏집으로 한밤중에 가마가 도착한 지 사흘이 지났다. 객줏집에서 안채로 통하는 대문은 아예 막아놓다시피 하여 아무나 출입을 하지 못하게 했다. 저녁 무렵에 오라비가 안채로 들어와 춘심이를 찾았다.

"반남성에서 오셨네."

"알았어요, 오라버니. 제가 밖으로 나갈게요."

춘심이는 직감으로 드디어 웅장이 찾아왔다는 것을 알 수 있었다. 오라비 부부에게는 미리 반남성 성주가 찾아오면 조용히 안채로 안내하도록 일러두었고, 아랫것들 입단속을 단단히 하라는 당부도 잊지 않았다.

춘심이가 밖으로 나오자 웅장이 안채의 대문 안에서 뒷짐을 진 채 어슬렁거리고 있었다.

"오셨습니까?"

춘심이가 웅장의 뒤에 서서 기척을 하며 인사를 건넸다.

"으~음, 그동안 잘 있었는가?"

"작은 마님의 일로 눈코 뜰 새 없이 바빴구먼요."

"작은 마님이라니?"

웅장은 춘심이가 말하는 작은 마님이 누구인 줄 뻔히 알면서도 짐짓 모른 척 시치미를 뗀다. 두어 차례 정분을 쌓았던 그녀에게 미안하여 슬며시 배려하는 마음 씀씀이기도 했다.

"미암성 아씨마님 말씀입니다."

기방에서 닳고 닳은 춘심이가 남정네의 시침을 떼는 속셈을 모를 리 없다. 심사가 뒤틀릴 수도 있겠지만, 언감생심 쳐다보지 못할 나무라면 실속이라도 챙기겠다고 마음을 바꾼 지 오래였다. 그러면서도 말투에는 못내 아쉬워하는 투정이 내비쳤다.

"왔단 말인가? 이곳에…."

"예, 벌써 사흘이나 지났답니다."

"……."

웅장은 갑자기 말문을 닫았다.

"만나 뵙고 가셔야지요?"

"…………"

춘심이가 묻는 말에도 웅장은 여전히 대답이 없다.

혼자서 성을 나설 때야 당연히 만날 속셈이었겠지만, 막상 춘심이가 다그치듯이 뜻을 묻자 갑자기 말문이 막힌 듯 우물거렸다.

역창의 늙은 종놈이 웅장에게 약조했던 날짜가 바로 사흘 전이었다. 약속대로라면 이미 도착했을 것이라고 짐작은 했지만, 웅장은 좀이 쑤시는 걸 참으며 사흘을 버텼다. 혹여 진행에 차질이 생겼을 수도 있겠고, 조바심을 참지 못해 도착하자마자 달려왔다는 모양새도 민망하여 일부러 사흘을 미루었던 셈이다.

그러니 성에서 일을 본답시고 이리저리 돌아다니긴 했지만, 진작부터 마음은 콩밭에 가 있었다고 해도 틀린 말은 아닐 터였다.

"성주님 이쪽으로 오시어요."

춘심이는 눈치가 빨랐다. 제대로 답변을 하지는 못하지만 웅장의 속셈은 이미 손금 보듯이 훤히 알고 있었다. 춘심이는 더 이상 웅장을 난처하게 해서 좋을 게 없다고 생각했다. 마음가짐도 이왕이면 잘해야지 하는 쪽으로 기울었지만, 웅장과 아씨마님에게 잘해야 원하는 재물이 들어온다는 현실적인 동기도 작용했다.

늙은 종놈이 본거지로 돌아가기 전에 지시한 대로 객줏집의 안채는 아예 구조가 바뀌었다. 원래는 객줏집에서 안채 대문을 통해 들어가면 바로 안채에 있는 여러 개 방으로 출입하는 방문이 보였다. 그런데 객줏집에서 들어오는 대문 쪽에서 보이던 방문은 모두 없앤 다음 벽체로 막아버리고, 그 반대쪽에 방문을 새로 냈다.

마루도 대문 쪽은 없애고 반대쪽에 새로 놓았기 때문에 안채의 지붕은 그대로 둔 채 앞뒤를 완전히 바꿔버린 셈이었다. 그러니 객줏집에서 안채로 들어가도 안채의 뒷부분밖에 볼 수 없었다. 반 바퀴를 돌아 들어가야 안채로 들어가는 툇마루와 방문을 찾을 수 있었는데, 묘하게도 객줏집과 통하는 안채 대문이 바깥에서 안채로 통하는 유일한 출입구였다.

그렇게 구조를 바꾸고 보니 새로 만들어 꾸민 안채 툇마루 앞에는 대문이 있는 것이 아니라 높은 토담으로 막혀 있었다. 대개의 가옥들이 대문으로 들어가면 툇마루가 놓여 있고 툇마루를 통해 방으로 들어가게 되는데, 늙은 종놈의 지시로 뜯어 고친 객줏집의 안채는 툇마루 앞이 바로 정원이었다. 그것도 앞뜰인지 뒤뜰인지 애매했지만, 그나마 공간이 넉넉하여 산보를 하며 땅을 밟아볼 수 있는 정도는 되었다.

늙은 종놈이 그렇게 바꾼 것은 바깥세상과 안채를 차단하려는 의도가 분명했다. 혹여 객줏집에서 실수로 안채에 잘못 발을 들여놓는다 할지라도 안채의 뒷모습만 볼 수 있을 뿐이었다. 어느 것 하나 밖으로 드러나지 않게 하려는 늙은 종놈의 세심한 계획에 따라 아씨마님과 아기씨는 세상에 없는 존재처럼 갇혀 살아가는 신세가 되었다.

춘심이가 앞장을 서고 안채 모퉁이를 돌아간 툇마루 앞의 댓돌에는 짚신 한 켤레가 가지런히 놓여 있었다. 춘심이가 댓돌 앞에서 조심스럽게 기척을 낸다.

"아씨마님, 성주님 오셨습니다."

안에서는 아무 대답이 없었다.

그러나 분명 옷깃이 스치는 바스락거리는 소리로 안에서의 움직임은 감지할 수 있었다. 그리고 소리 없이 살그머니 방문이 열리더니 백옥 같은 얼굴의 미암성 토호에 며느리가 툇마루를 거쳐 댓돌의 짚신을 꿰고는 웅장에게 인사를 드린다.

순간 웅장은 엉거주춤 마주 인사를 하면서 숨이 막힐 것 같은 아찔한 현기증을 느끼며 여인을 바라본다. 정녕 이런 미인이었더란 말인가. 몇 차례 정을 통하면서도 어딘지 모르게 서로 외면하는 듯이 어색했고, 헤어진 뒤로 막연한 그리움의 정을 키워오긴 했지만, 여인의 모습이 이토록 아름다웠던가 싶어 웅장은 정신을 차릴 수가 없었다.

화촉동방(華燭洞房)의 인연이라 밝은 대낮에 여인의 모습을 볼 수는 없었다. 저녁에 슬그머니 들어왔다가 동이 트기 전에 방을 빠져나갔기 때문에 호롱불 아래서만 볼 수 있었던 게 전부였기 때문에 제대로 대화를 나눈 적도 없었던 것이다.

그러다가 이제 한 아이의 아비와 어미로 다시 만나게 되었다.

"안으로 드시지요."

여인의 잔잔한 재촉에 웅장이 시선을 돌려 앞서왔던 춘심이를 바라본다. 춘심이가 웅장의 시선을 받고 어서 들어가라는 듯이 눈짓을 보낸다.

"흐~흠."

다시 여인에게로 시선을 돌린 웅장은 어색한 헛기침과 함께 툇마루로 성큼 올라서서 방문을 열고 안으로 들어선다. 여인이 춘심이에게 가볍게 목례를 하고 웅장을 따라 방안으로 들어가자 이윽고 문이 닫힌다.

문이 닫히는 순간 춘심이의 얼굴에 허전한 표정이 스쳐 지나간다. 춘심이는 얼굴을 한 번 실룩거리는 것으로 이내 마음을 다잡은 듯 안채 귀퉁이의 방으로 들어가 문을 닫는다.

방으로 들어간 웅장은 어찌 할 바를 모른 채 서성거린다.

"이쪽으로 앉으시지요."

웅장이 엉거주춤 방바닥에 앉자 여인이 큰절을 올린다.

"소첩 서방님께 안부 인사 올립니다. 그동안 강건하신 모습 뵈오니 한량없이 기쁩니다."

웅장은 갑작스럽게 여인의 큰절을 받고 보니 도무지 실감이 나지 않았다. 그렇다고 큰절을 하면서 함께 올리는 인사말을 듣고 입을 다물고만 있을 수도 없는 노릇이었다. 웅장은 엉거주춤 반절로 여인의 큰절을 받으며 입을 떼었다.

"으~음 고맙소. 이렇게 건강한 모습으로 다시 만날 수 있어서…."

"우리 모녀의 오늘은 서방님께서 염려해주신 덕분입니다."

웅장은 과연 자신이 그런 말을 들을 자격이 있을까 싶었다. 그러면서도 입에서는 본심과 전혀 다른 소리가 흘러 나왔다.

"미암성 토호 어르신께서도 평안하신지요?"

말을 하고 나서야 웅장은 뭔가 어울리지 않는 질문이란 걸 깨닫는다.

"예, 배려해 주신 덕분에 무탈하시옵니다. 미암성을 오가는 만민들의 입소문으로 서방님의 소식은 잘 듣고 계신다며, 아무쪼록 강건하신 모습으로 반남성을 훌륭하게 지탱해주시는 서방님을 마음속으로 존경하고 있다는 말씀 함께 아뢰라 하셨습니다."

"어~허, 건강 하시다니 고마운 일이지요. 더군다나 우리 반남성 안위까지 걱정해주심에 한량없이 감사드립니다."

웅장은 자신이 무슨 말을 하고 있는지 미처 깨닫지도 못하는 것 같았다.

한때 청상(靑孀)의 며느리였던 여인이 팔자를 고쳐 새로 마련한 보금자리인데, 시아버지였던 토호 역창의 안부를 물을 자리는 아닐 성싶었다. 그럼에도 웅장이 시아버지였던 토호 역창의 안부를 친정아버지 안부 묻듯이 하고 있는 것도 그렇거니와 여인의 응대 또한 친정아버지 안부 전하듯이 하고 있었다.

문살 틈새로 들어온 햇빛이 방안을 훤히 밝히고 있다. 다소곳이 숙인 여인의 하얀 목선이 햇빛에 반사되어 웅장의 시야에 아름답게 투영되었다. 웅장은 그제서야 조금 여유를 찾아 방안을 둘러본다. 아랫목에 포대기로 싼 아기가 누워 있는 모습이 눈에 들어왔다.

"어찌나 아름답게 태어났는지요. 삼한 일대에 최고일 것입니다."

웅장은 늙은 종놈이 건네던 말이 퍼뜩 떠올랐다. 미암성의 본거지로 로 돌아가기 직전 객줏집에서 만났을 때였다. 천성일까 싶을 정도로 비굴하게 느껴지던 웃음을 흘리며 건네던 말이라 무심코 들어 넘겼던 말이었다.

"안아 보시렵니까?"

여인이 웅장의 표정을 살피며 물었다.

웅장은 잠시 대답할 말을 잃었다. 언제 아이를 안아본 적이 있었던가? 우물쭈물하며 뭔가 대답을 해야겠다는 생각에 엉뚱한 말이 튀어나왔다.

"예쁘다고 들었소."

"모두들 그렇게 얘기해요."

여인이 몸을 사뿐사뿐 움직여 포대기 쪽으로 다가갔다. 포대기를 추슬러 아기를 안은 여인이 이번에는 웅장에게로 다가와 포대기를 넘겨준다.

"고맙소."

웅장은 불쑥 고맙다는 말을 했다. 포대기에 싸인 아이가 자신의 혈육이라는 생각에 야릇하고 짜릿한 감정을 느꼈다. 혈육이란 이런 것인가? 웅장으로선 일찍이 한 번도 경험해보지 못한 감정이었다.

"고맙소."

웅장이 중얼거렸다. 어설프게 아기 포대기를 안고 있는 웅장의 모습을 보며 여인의 얼굴에 미소가 어리더니 이윽고 눈가에 이슬이 맺힌다. 애써 흐느끼는 소리를 삼키려는 노력에도 불구하고 흘러내리는 눈물은 막을 길이 없다.

웅장은 포대기에 싸여 새근새근 잠들어 있는 아기를 들여다본다. 아기의 살갗은 투명한 느낌이 들 정도로 뽀송뽀송하고 해맑다. 아무리 들여다보고 있어도 싫증은 느껴지지 않는다. 웅장은 아기의 모습에서 여인을 떠올린다. 토호 역창의 집에 은밀히 마련되었던 화촉동방(華燭洞房)에서 방으로 스며든 달빛에 빛나던 여인의 나신….

"아기가 그대를 닮았소."

여인이 웅장에게로 다가서며 포대기를 사이에 두고 웅장을 껴안는다.

"수고했소. 소식도 듣지 못했지만… 소식을 들었다고 한들 아무 것도 도와드리지는 못했을 거요. 미안하오. 그런데도 이렇게 예쁜 아기를… 혼자 애쓰셨소."

"소첩으로선 차라리 죽는 게 낫겠다는 심정으로 살아온 나날입니다."

"왜 아니겠소?"

웅장은 아기를 감싼 포대기를 안은 채 크게 팔을 벌려 여인을 껴안았다.

한동안 아기와 여인을 함께 안고 있던 웅장이 팔을 풀고 포대기를 아랫목에 내려놓았다. 그런 다음 여인에게로 다가가서 힘껏 껴안았다. 여인은 웅장의 품에 안겨 아무 말도 없이 뜨거운 눈물을 쏟아냈다. 웅장이 먼저 입을 열었다.

　"내가 그대에게 못할 짓을 했소."

　"아니에요, 서방님. 제가 시아버지의 뜻을 받들기로 했던 것입니다."

　신혼의 신랑이 갑자기 세상을 떠난 마당에 아무리 대를 잇는 일이라 할지라도 다른 남자와 동침하여 씨를 받으라는 요구를 선뜻 받아들일 수가 있겠는가. 청상(靑孀)의 신세였던 여인도 처음에는 당연히 죽으면 죽었지 그럴 수는 없다고 버텼다.

　"지아비의 혼백이 미처 이승을 떠나지도 못했을 텐데, 어떻게 아버님께서 제게 그런 말씀을 하실 수가 있습니까?"

　며느리의 말을 시아버지는 또 다른 애절함으로 되받았다.

　"미적거리다가 때를 놓치면 너나 나나 조상님들께 돌이킬 수 없는 죄인이 된다. 난들 오죽하면 다른 사람의 씨를 받아 대를 이으라고 하겠느냐?"

　그렇게 시아버지와 며느리는 서로의 처지를 모르는 바 아니었다. 그러면서도 시아버지는 절박한 심정으로 며느리를 달랬다.

"그렇다고 어중이떠중이를 데려오겠느냐? 새로 인연을 맺을 지아비는 마한 땅은 물론이고 삼한을 통 털어 그만한 인물을 찾기 힘들 정도로 대단한 헌헌장부를 모실 참이다."

청상의 며느리로서는 상대방이 누가 되었든 그게 문제가 아니라 그런 일에 휘말린다는 사실 자체가 받아들이기 어려운 일이었다. 그럼에도 시아버지인 토호 역창은 기어이 마음먹은 대로 일을 만들어 나갔다.

"시아버지께서는 서방님이 대단하신 분이라며 그에 걸맞게 제 몸가짐도 각별히 조심하라는 말씀까지 하셨지요."

"어르신의 배려가 고맙기 그지없구려."

"그럼에도 불구하고 태어난 아이가 아들이 아니라 딸이라는 걸 알았을 때 소첩은 세상에 살아남아야 할 까닭이 없다고 생각했습니다. 소첩이 영산강에서 세상을 하직하려고 했을 때 다시 거두어주신 분도 시아버지셨습니다."

웅장은 토호 역창이 영산강에 몸을 던졌다가 목숨을 건진 청상의 며느리에게 뭐라고 했는지 궁금했지만, 굳이 궁금증을 드러내거나 되묻지는 않았다.

"우리가 대를 잇겠다고 했던 일이 어긋난 것은 하늘의 뜻인가 보다. 그렇다고 네가 스스로 목숨을 버릴 까닭이 어디 있겠느냐? 네 소생으로 대를 이을 수는 없게 되었지만, 이제부터는 내가 너를 친정아버지처럼 보살펴주마."

전하는 말투로 봐서 청상의 며느리도 미처 예상하지 못했던 결말인 것 같았다. 그러니 웅장으로선 더욱 아리송한 일일 수밖에 없었다.

"친정아버지처럼…… 정말 그렇게 해주셨나 보오. 어르신의 심지(心地)를 다시금 되새겨 봐야겠습니다."

"이렇게 매듭지어진 것이 얼마나 다행인지 모르겠습니다. 서방님을 세상에 둘도 없는 훌륭하신 지아비로 인연을 맺게 해주신 분께 감사를 드려야지요. 지금은 정말 친정아버지처럼 따뜻한 정이 느껴진답니다."

"두고두고 은혜를 갚아 나가야겠지요."

"지나놓고 보니 오히려 딸아이로 점지해주신 삼신할미마저 더없이 고맙다는 생각이 드는군요. 행여 아들을 낳았더라면 다시 서방님을 만날 수나 있었을까요?"

"허~이것 참, 그게 또 그렇게 되는가요?"

웅장은 여전히 어리둥절할 수밖에 없었다. 미암성으로 출정했을 때 대를 잇겠다는 토호 역창의 간청을 들어준 일이 이렇게 번질 줄은 몰랐던 것이다. 대를 이을 아들 대신 딸이 태어났고, 그 바람에 청상의 며느리가 영산강에 몸을 던져 목숨을 끊으려고 했다는 얘기도 그렇거니와 새삼 토호 역창이 청상의 며느리를 며칠 밤 인연인 웅장에게 보내기 위해 집사 노릇을 하는 늙은 종놈을 반남성 지역인 영산포구로 보내 객줏집까지 사들였다는 사실을 어떻게 이해해야 할까? 여인의 말대로라면 시아버지 역창이 친정아버지가 되었다는 이야기가 아닌가.

"이리 고마울 수가…. 성 밖으로 나온 이번 나들이는 원행 길이라 일러두었으니 그동안 쌓인 정담을 나누며 회포나 풀어 봅시다."

웅장은 이해하기 어려운 복잡한 속내에 대해 내색하는 대신 유쾌한 듯이 말문을 열었다. 자칫 자기보다 몇 갑절은 더 심란 할 여인의 마음을 어루만지기 위해서였다.

"서방님, 고맙사옵니다. 행여나 서방님께서 내치실까 노심 초사하여 마음 편할 날이 없었사옵니다."

"그럴 리가요? 나도 그동안 임자가 보고 싶어 마음고생까지 했다오. 그런데 이렇게 만나게 되었으니 이보다 더한 보람과 즐거움이 어디 있겠소? 더군다나 예쁜 아기까지 함께 만나니 하늘님과 천지신명의 은덕이지요."

"서방님…."

여인이 와락 웅장의 품 안으로 뛰어들다시피 안긴다.

왜 아니겠는가? 아무리 시아버지가 친정아버지 노릇을 하 겠다며 웅장에게 보낼 때도 솔직히 소박맞는 여인의 심정을 떨칠 수가 없었던 것이다. 마음을 터놓고 의논할 상대도 없이 혼자서 전전긍긍하던 나날이 얼마나 외롭고 서글펐던가. 여인 으로서는 웅장이 자신을 반기며 맞아준 것이 무엇보다도 큰 선물이었다.

"임자에게 몹쓸 짓을 저질러놓고 그동안 내가 너무 무심했던 것 같소. 이제부터라도 편안한 마음으로 지내기 바라오."

웅장은 품 안의 여인을 힘주어 껴안으며 입을 열었다. 진심에서 우러나온 말이었다. 그러나 그렇게 말하면서도 마음이 무거운 것은 어쩔 수가 없었다. 늙은 종놈의 말이 귓전에 맴돌고 있었기 때문이다.

"소인은 성주님을 위해 아씨와 아기씨를 이곳으로 모셔올 생각입니다. 그러나 만약에라도 반남성 마님이 이 사실을 아신다면 그날로 모녀는 죽은 목숨이나 마찬가지입니다. 성주님께서 조심하셔야 모녀도 목숨을 부지할 수 있다는 뜻입니다. 부디 조심해주시기 바랍니다."

객줏집 안채의 존재를 아는 사람이 제한되어 있는 만큼 비밀이 새나갈 염려도 적었지만, 아무래도 웅장의 출입이야말로 비밀 유지의 가장 큰 약점일 수밖에 없었다.

"임자를 이렇게 만나다니 꼭 꿈을 꾸고 있는 듯하오."

우연한 인연으로 딸이 태어난 것도 예삿일이 아니거늘 당사자를 눈앞에서 만나고 있으니 웅장은 가슴이 벅차올랐다. 뜻밖의 선물을 안고 하강한 선녀라고 해도 좋을 것 같았다. 마음 같아서는 당장 모녀를 반남성 안으로 데려가고 싶은 심정이었지만, 비수처럼 파고드는 늙은 종놈의 말은 하나도 틀린 구석이 없었다.

반남성 성주인 웅장이 보란 듯이 딸을 안고 여인과 함께 나타난다면 어떻게 될까? 섣불리 상상하기도 힘든 장면이 연출

될 것은 불을 보듯 뻔하다. 눈앞에 두고도 투기심을 참아내지 못하는 성깔이거늘 딸이 태어날 때까지 숨겨두고 있었다는 사실만으로도 어떤 일이 전개될지 짐작하기조차 어렵다.

아마 십중팔구는 반남성 토착세력 출신인 성주 부인의 등쌀에 모녀(母女)의 생명이 위태로울 테고, 설혹 살아남는다고 할지라도 그 고통은 죽음보다 더할 수도 있을 것이다.

웅장은 새삼 부인의 질투까지 헤아려 객줏집 안채를 마련한 늙은 종놈의 판단이 정말 대단하다고 생각했다. 반남성 정보를 어쩌면 그렇게 속속들이 파악했는지 혀를 내두를 지경이었다. 그렇다면 조심해야 한다. 지금이야 같은 목적으로 움직이니 위태로울 것도 없지만, 행여나 바라보는 방향이 다르다고 한다면 어떻게 될 것인가?

웅장은 늙은 종놈의 계획대로 여인과 아기를 세상과는 멀리 떨어진 객줏집 안채에 머물도록 했다. 그러는 편이 가장 안전하다는 생각이 들었기 때문이다. 혹시 반남성 백성들이 보더라도 성주가 잠행(潛行)을 하러 나왔다가 객줏집에 들러 밥을 먹고 목을 축이는 것쯤으로 여길 수도 있을 터였다. 등잔 밑이 어둡다는 속담처럼 가까이 있으면서도 가장 안전한 장소였다.

한동안 웅장의 품에 파묻히듯이 안겨 있던 여인이 슬그머니 웅장을 밀쳐내고 떨어져 나온다. 여인은 얼굴을 발갛게 물들인 채 고개를 숙이고 포대기 옆으로 옮겨와서는 다소곳한 태도로 가만히 앉는다.

웅장은 비로소 여인의 얼굴을 똑바로 바라본다. 여인은 이윽고 내리깔았던 눈을 들어 웅장을 마주 바라본다. 서로 아무 말 없이 바라보면서도 두 사람의 눈길은 불꽃을 튀긴다. 여인이 웅장을 한 번 흘낏 바라본 다음 아기를 감싼 포대기를 여미며 저만치 옮겨둔다.

웅장은 흥분이 되는지 가슴이 불룩 솟았다가 가라앉는다. 여인이 아기의 포대기를 옮기고 나자 웅장이 자리에서 일어나 여인에게로 다가간다. 조금은 익숙한 몸놀림으로 방바닥에 웅크린 여인을 안자, 여인도 기다렸다는 듯이 웅장의 가슴에 안긴다. 여인의 심장이 뛰노는 울림이 웅장의 가슴에 그대로 전달된다.

이미 한 몸이 된 두 사람은 누가 먼저랄 것도 없이 스르르 무너져 내린다. 그 다음의 몸놀림은 두 사람 모두 숱한 밤을 지새우며 꿈꾸어 왔던 동작들이었다. 달빛이 스며들던 토호 역창의 집 침소에서 함께 보냈던 밤의 기억이 새삼스럽게 되살아났다.

아직 밤이 되기도 전이라 노을빛이 문살을 비추는 가운데, 두 사람은 질펀한 욕정의 포로가 되어 서로가 서로를 애타게 갈구했다. 웅장이 여인을 세차게 끌어안고 입을 맞추자 여인도 뒤질 새라 웅장의 입을 받아들이며 뜨거운 숨결을 내뿜었다.

얼굴은 얼굴끼리 한 덩어리가 되어 뒹굴고 몸뚱이는 몸뚱이

대로 한 덩어리가 되어 얽히자 두 사람이 내뿜는 숨결과 뜨거운 체온과 뒤섞인 체취가 하나의 존재로 일치되었다. 그 순간에는 남자와 여자라는 구분조차도 아무런 의미가 없이 오로지 활활 타오르는 불길의 존재만 느껴질 따름이었다.

이윽고 절정의 호흡을 거쳐 하나둘 제자리를 찾아가면서 웅장이 슬그머니 여인의 미끈한 젖무덤에 손을 집어넣는다. 조금은 거칠고 거센 움직임에도 여인은 내색하지 않고 숨을 고른다. 문살에 비친 햇빛에 반사되어 여인의 젖무덤을 더듬는 손길이 연하고 짙은 음영을 내비치며 꿈틀거린다. 하얗게 빛나는 젖무덤 위로 젖꼭지가 흔들거리며 탱탱하게 부풀어 오르면서 욕정은 내리막길로 접어들었다.

이미 욕정과 함께 신음도 잦아들고 있지만, 발가벗은 두 사람의 나신(裸身)은 뜨겁게 달구어진 방안에서 여유롭게 유영(遊泳)을 하고 있었다. 짐승처럼 사납게 할퀴기도 하고, 불길처럼 함께 타오르기도 하면서 마침내 끝을 여미는 뜨겁고 질펀한 쾌락의 여정이었다.

반남성

웅장은 말 위에서 흔들거리며 성으로 돌아가고 있었다.

아직도 꿈에서 덜 깬 기분이다. 꿀맛 같은 하룻밤의 사랑노름에 온몸이 짜릿하게 반응하여 삭신이 녹아내릴 지경이다. 기분 좋은 피로감에 흥얼흥얼 콧노래까지 절로 흘러나온다.

도시 이놈의 여인이라는 동물은 그 실체를 알 수가 없었다. 다소곳하고 순진하게만 보이던 여인이 어느 순간 뱀의 화신처럼 징그러울 정도로 집요하게 온몸을 파고들지 않던가. 여인에게 몸을 내맡긴 시간이 더해갈수록 육체는 속절없이 녹아내리고 허물어져 내렸다. 부드럽고 가녀린 체구로 사내의 우람하고 육중한 몸뚱이를 흡혈귀처럼 빨아들이면서도 결코 먼저 손을 내밀어 요구하거나 간청하지는 않았다.

"서방님, 소첩은 서방님 뵙는 것만으로도 더 바랄 게 없어요."

나비를 기다리는 꽃처럼 언제나 수줍음을 타며 향기를 내뿜는 여인. 웅장이 이전에 한 번이라도 여인을 열망하여 안타까워한 적이 있었던가.

　그러면서 자연히 성 안에 버티고 있는 나씨(羅氏) 부인을 떠올렸다. 반남성 성주로서 부족장 역할을 하는 자신을 몸에 지닌 노리개 정도로 여기는 사람이었다. 웅장을 사랑하기는커녕 소유의 대상쯤으로 여긴다는 사실은 진작부터 느꼈던 일이었다. 삼한 땅에서 비교할 대상이 없다는 나씨 부인의 투기(妬忌) 역시 사랑 때문이 아니라 소유욕 때문이라고 할 수 있었다.

　말고삐를 잡고 성으로 향하던 웅장은 갑자기 맥이 탁 풀리는 느낌이었다. 다시금 말머리를 객줏집으로 돌리고 싶다는 생각으로 간절했다. 웅장은 하룻밤을 지내도 만리장성을 쌓는다는 말이 딱 들어맞는다는 것을 실감했기 때문이다. 성 안으로 들어가 부인의 눈치나 살피면서 허수아비처럼 성주 노릇을 한다는 게 무슨 의미가 있을까 싶었다.

　그러면서도 말머리를 돌릴 수는 없었다. 객줏집의 모녀도 그렇거니와 자신의 처지에 대해서도 뾰족한 대안을 찾기가 어려웠기 때문이다. 웅장의 애마는 주인의 무거운 마음은 아랑곳하지 않고 커다란 눈을 껌벅거리며 성으로 향하고 있었다.

　"아씨, 아기씨 목욕 시킬 준비가 됐어요."

　툇마루 끝에서 춘심이가 하는 말을 듣고 퍼뜩 정신을 차린 여인이 화들짝 놀라 자리에서 일어난다. 웅장이 빠져나간 후에도 한참이나 달콤한 여운을 즐기던 사이에 어느덧 아기 목욕을 시키겠다고 기별을 해온 것이다. 아기는 새벽에 한 차례 칭얼거릴 때 젖을 물렸기 때문인지 아직도 새근새근 잠이 들어 있었다.

어제하고도 다른 오늘!

여인은 그것을 뼈저리게 실감하고 있었다. 어제까지만 해도 사방이 담장으로 둘러싸인 집에서 멍하니 보내는 하루하루가 옥에 갇힌 죄수나 다름없다고 느꼈다. 미암성 근처의 시댁에서 몰래 가마를 타고 떠나올 때도 불안하기는 마찬가지였다.

"이제는 내가 너를 며느리가 아닌 딸로 생각할 참이다. 너도 나를 친정아버지로 여기고 내 말에 따르도록 해라."

시아버지 역창의 말을 들으면서도 여인은 실감할 수가 없었다. 대를 잇겠다고 했다가 딸을 낳는 바람에 일이 틀어져 버린 시아버지로서는 도대체 그렇게 할 이유가 없었기 때문이다. 아기와 함께 거처를 옮기면 아기의 아버지가 찾아올 것이라고 했지만, 어떻게 그것을 믿을 수 있단 말인가. 자살을 하려고 영산강에 뛰어들었을 때 목숨을 구해준 것으로 봐서 죽음의 길은 아닐 성싶지만, 앞날에 대해서는 한 치 앞도 예측할 수 없는 형편이었다.

그런데 정말로 아기의 아버지, 꿈에서나 어렴풋이 그리던 서방님이 현실의 존재가 되어 나타났던 것이다. 한 순간 울컥 목이 메었고, 꿈인가 싶었던 일이 하루가 지난 이제야 새록새록 실감이 나기 시작했다. 이것이야말로 새로 찾은 인생이 아니고 무엇이랴.

새삼 시아버지가 고마웠다. 며느리를 딸처럼 여기겠다는 시아버지의 마음을 조금은 알 수 있을 것 같았다. 역시 미암성 일원에서는 세 손가락에 꼽힐 정도의 부(富)를 자랑하고 사병(私兵)도 걸맞게 거느린 인물다웠다.

대를 이을 아들을 기대했다가 딸이 태어났으니 선택의 여지가 없었다. 아들로 대를 잇게 된다면 집안에서 충분히 자리와 역할이 생기겠지만, 딸이 태어나 대를 이을 수 없다면 사정이 달라진다. 평생 죄수처럼 갇혀 독수공방하며 지낼 며느리가 역창에게 도움이 될 까닭이 없고, 애꿎은 청춘만 이지러질 수밖에 없었다.

청상(靑孀)의 며느리에게 정절을 버리도록 강요하다시피 했던 것도 어떻게든 집안의 대를 잇겠다는 일념 때문이었다. 그런데 그 일이 어그러지자 역창은 며느리가 팔자를 고치도록 도와주는 게 사람의 도리라고 생각했던 것이다. 물론 며느리를 진정으로 아끼고 그녀의 불행을 안타까워하는 마음이 바탕에 깔려 있었다.

여인은 스스로 목숨을 끊으려고 했을 때의 심정을 돌이켜봤다.

젊디젊은 신혼의 남편이 세상을 떠났을 때의 아득함은 새삼 거론할 필요조차 없을 것이다. 그런 절망적인 상황에서 시아버지가 얼토당토않은 요구를 할 줄은 몰랐다. 노욕(老慾)이 빚은 야속한 만행으로 아물기 어려운 상처에 소금을 뿌리는 꼴이라고 생각했다.

그러나 비록 시아버지의 요구가 원망스럽다고 하더라도 집안의 대를 이어야 한다는 시아버지의 간절한 열망을 뿌리치기도 어려웠다. 여인에게는 의당 그런 역할이 부여되어 있었고, 남편이 살아있다면 아들을 낳아 대를 잇는 것이 당연했다. 그런데 남편이 세상을 떠난 청상(靑孀)에게 그 일을 수행하라니, 그것도 때를 놓치지 않으려면 서둘러야 한다는 요구를 어떻게 받아들여야 한단 말인가?

여인은 신랑의 죽음과 함께 자신의 인생도 막을 내렸다는 절망감 속에서 일신의 정절(貞節) 따위에 연연하지 않는다는 생각으로 시아버지의 뜻을 따랐다.

더욱 수치스러운 일은 자신이 외간남자에게 몸을 맡길 때마다 시아버지가 뻔히 지켜본다는 사실이었다. 그런 수모를 겪더라도 시아버지가 원하는 대로 아들이 태어나 대를 이을 수만 있었다면 천만다행일 텐데, 아들이 아닌 딸이 태어나서 대를 잇는 일이 수포로 돌아가는 바람에 여인은 죽음으로 부끄러움을 안긴 세상과 결별하려고 결심했던 것이다.

"하늘의 뜻이로다. 나에게 주어진 복은 이것뿐이로구나."

그러면서 역창은 대를 잇겠다는 욕심을 내려놓았다. 이제는 어떻게 해볼 도리도 없었다. 욕심을 내려놓자 아쉬움 속에서도 배려하는 마음이 생겼다. 온갖 수모를 감내하면서 얼토당 토않은 청을 들어준 며느리가 고맙고 가련해 보였다. 그리고 이왕에 태어난 딸이라면 애비도 없이 천덕꾸러기로 키우기보 다 며느리와 함께 내보내기로 작정했다.

바로 그 무렵에 스스로 영산강에 몸을 던져 목숨을 끊으려 는 며느리를 구해낸 것은 그야말로 천우신조(天佑神助)였다. 자칫 주의를 게을리 하여 조금이라도 시간을 늦추었더라면 어 부가 건져내기도 전에 며느리는 저 세상 사람이 되고 말았을 터였다.

그 일로 며느리를 내보내야겠다는 역창의 생각은 더욱 굳어 졌다. 그러자 대를 잇기 위해 공들여 선택했던 반남성 성주 웅 장의 존재가 새삼스러웠다. 어쨌든 이미 맺은 연분도 있는 데 다 반남성 성주 정도라면 모녀를 거두어줄 인물로 손색이 없 어 보였다. 어쩌면 천생연분은 며느리와 웅장의 인연이 아닐 까 하는 생각마저 들었다.

이렇게 결정하고 나자 역창은 마음이 한결 가벼웠다. 딸을 시집보내는 친정아버지의 마음도 이해할 수 있을 듯했다. 이 것으로 몹쓸 일을 시킨 며느리에게, 또 저 세상의 자식에게 빚 을 갚는 길이라고 생각했다.

토호 역창이 영산강 포구에 있는 반남성 관할의 객줏집으로 일생을 함께 해온 늙은 종놈을 보낸 것도 며느리 모녀를 내보

넬 준비를 위해서였다. 온 세상에 소문을 낼 일도 아닌 데다 반남성 성주 웅장과 관계된 일이었기 때문에 은밀하면서 빈틈이 없어야 했고, 그러자면 믿을 만한 사람이라야 했던 것이다.

역창과 어려서부터 함께 자랐던 늙은 종놈은 선대로부터 대물림한 종으로 천대를 받았지만 보통 영악스럽지 않았다. 그러면서도 역창이 시키는 일이라면 무서우리만큼 철저하게 처리해내는 충성심 또한 대단했다. 역창을 위해서라면 자신의 목숨이라도 기꺼이 던질 각오로 살아온 놈이었기에 집안일을 총괄하는 집사의 역할을 꿰차고 앉은 것이다.

늙은 종놈의 장점이라면 집사의 중책을 맡았다고 거드름을 피우거나 잘난 체하지 않고 한결같다는 것이었다. 집안일의 경중(輕重)을 떠나 자신이 할 일이라고 생각하면 누구에게도 미루지 않고 손수 처리했다. 예리한 판단력과 냉혹한 추진력으로 오로지 역창을 위해서만 일하고 살아가는 존재였고, 아직까지는 단 한 치의 오차도 없었다.

집안의 종놈들은 말할 것도 없거니와 따로 부리는 사병(私兵)들도 잘못을 저지르면 그 잘못을 따져 엄격하게 처벌했다. 그러니 선대로부터 종놈 신분이라 할지라도 그가 집사가 된 후로는 사병의 우두머리조차 경계하고 무서워했다.

특히 그의 비열한 듯 비웃는 듯 잔인한 듯 차갑게 웃는 모습은 누구라도 한 번 보면 잊어버리기 어려울 정도로 온 몸에 소름이 끼쳤다. 처량한 듯 불쌍한 듯 얼이 빠진 듯 늘 미소를 보이는 평소의 행동이나 표정을 알고 있는 사람들은 늙은 종놈의 이러한 이율배반의 변화에 어안이 벙벙한 반응을 보이게 마련이다.

어쩌면 자신의 본심을 감추는 수단일지도 모르는 평소의 행동과 표정으로 늙은 종놈이 청상(靑孀)의 아씨마님에게 말문을 열었다. 한동안 눈앞에서 사라졌다가 달포 만엔가 돌아온 다음 일부러 찾아와서 해준 말이었다.

"아씨, 한 가지 여쭙겠습니다. 아기씨의 아버지가 누군지 아십니까?"

여인이 당혹스럽다는 표정을 지었다. 집안의 집사라고는 하지만 평소에 말도 섞지 않는 처지거늘 느닷없이 묻는 질문이란 게 자신의 가장 아픈 대목이 아닌가. 여인은 대답 없이 늙은 종놈을 바라보기만 한다.

"당연히 모르시겠군요. 주인 어르신께서 직접 만나셨고, 심부름도 저에게만 시키셨던 일이니까요. 아기씨의 아버지는 반남성 성주님이십니다."

여인은 의아한 눈빛으로 멀뚱멀뚱 쳐다보기만 했다. 이곳은 미암성 관할이거늘 어찌 하여 반남성 성주가 아버지라고 하느냐는 듯이.

"그 무렵에 반남성 성주님이 어민들이 살해된 문제 때문에 군사를 이끌고 이곳에 출정을 와 있었지요."

"왜 지금 나에게 그런 이야기를 하는 건가?"

"모르고 계셨군요. 주인 어르신께서는 아씨와 아기씨를 반남성 성주님께 보내 드리려고 하시는 겁니다."

그 말에 여인이 깜짝 놀란 듯 눈을 동그랗게 뜨며 되물었다.

"아버님께서 나를 쫓아내시겠다는 건가?"

"그럴 리가요? 쫓아내시는 게 아니라 따님의 행복을 바라는 친정아버지처럼 아씨와 아기씨를 보내 드리려는 겁니다."

여인은 입을 다물었다. 이미 정해진 일을 두고 늙은 종놈이 자신에게 설명하는 자리라는 것을 알았기 때문이다.

"짐작하셨겠지만 반남성 성주님에게는 부인이 있습니다. 혼인한 지는 7년이 되었는데 아직 자녀는 없고요. 그런데 그 마님의 투기심은 마한뿐만 아니라 삼한(三韓) 땅에서도 첫 손가락에 꼽힌답니다. 친정이 워낙 세도가 당당한 호족(豪族)이다 보니 아무도 마님의 투기심을 두고 말리는 사람이 없어서 아무도 끝 가는 데를 모른답니다."

여인은 늙은 종놈의 말에 귀를 기울이고 있었다. 어쨌거나 아기의 아버지라는 성주의 부인에 대한 이야기가 아닌가. 더구나 자신과 딸을 성주에게 보내려고 한다면 남의 이야기라고 할 수는 없었기 때문이다.

"아씨는 잘 모르시겠지만, 반남성 마님의 투기심은 아씨와 아기씨의 목숨을 위협하는 일이 될 수도 있습니다."

여인의 표정이 복잡하게 변하면서 한층 어두워졌다. 성주 부인의 투기심이 자신과 딸의 목숨을 위협할지도 모르는 곳으로 왜 보내려고 하느냐는 말은 하지 않았다. 그러나 자신의 기구한 운명과 신세에 대한 좌절감으로 눈물이 그렁그렁했다.

"아씨와 아기씨의 행복을 찾아가시는 일이니 어려움이 닥치더라도 참고 견디셔야 합니다. 주인 어르신께서 이런 점까지 염려하셔서 저를 미리 영산강 포구로 내보내셨던 겁니다."

"영산강 포구라면?"

"반남성 관할이면서 미암성과 반남성이 교류하는 길목이지요. 아씨께서 가셔야 할 곳도 거기입니다. 먼저 아기씨의 아버지인 성주님과 반남성의 사정을 알려 드릴 테니 잘 들으셨다가 나중에라도 신변을 안전하게 보살피시기 바랍니다."

여인이 엉거주춤한 표정으로 살며시 고개를 끄덕거렸다.

"성주님 부인의 친정은 영산강 뱃길을 장악하고 있는 나씨 (羅氏) 집안입니다. 우리가 염전으로 재물을 모았듯이 나씨 집안은 뱃삯과 교역으로 부(富)를 일구었고, 사병(私兵)의 위세도 반남성 관할 지역에서 세 손가락에 꼽힐 정도로 막강합니다. 그렇지만 성주님의 가계는 북방에서 난을 피해 내려온 선비 집안이라 재력도 무력도 처가에는 비할 바가 아닙니다."

"그런데 어떻게 성주가 될 수 있었단 말인가?"

"나씨 집안과 다른 부족들 사이의 세력 균형을 위한 절충의 결과지요. 따라서 가문의 세(勢)가 약한 성주님으로서는 호위하는 병사들까지 대부분 처족의 사병들이기 때문에 아씨를 지켜드릴 만한 힘이 없다고 봐야 합니다. 그러니 성주님에게 매

달리기보다 어떻게든 스스로 조심 또 조심하여 살아남으셔야 합니다. 그래야만 기회가 생길 것입니다."

"기회라니, 어떤 기회가 생긴단 말인가?"

"성주님과 만나서 아들을 낳으시는 겁니다. 그것이 기회입니다. 태어난 아기는 우리 집안과 반남성 성주님의 공동 후계자가 될 테고, 마한 땅에서 크나큰 인물로 성장할 수 있습니다."

여인은 아무 말도 없었다. 이제야 자신을 내보내려는 의도를 분명하게 읽을 수 있었다. 시아버지가 얼핏 딸을 시집보내는 친정아버지의 마음이라고 했을 때는 뭔가 석연치 않은 느낌이었는데, '공동 후계자'란 말이 의구심을 풀어주었다.

"성주님께서도 아씨를 사모하고 계십니다. 제가 이미 성주님의 마음을 넌지시 떠보았는데, 틀림없습니다. 아씨께서 스스로 목숨을 버리려고 영산강에 뛰어들었다는 말에 얼마나 크게 실망을 하시던지, 아씨께서 살아계시지 않았다면 멱살이라도 잡힐 뻔했습니다."

여인은 콧김을 내뿜듯 슬며시 웃음을 흘렸다. 신분도 몰랐고, 대화도 나눠보지 못했지만, 몸으로는 알고 있는 남자… 딸아이의 아버지가 자신을 기억이라도 하고 있다면 다행이지 싶었다. 그래서 사모하더라는 늙은 종놈의 말은 도무지 곧이들리지가 않았다.

"다행히 반남성 마님에게는 소생이 없습니다. 벌써 7년째입니다. 마님의 강짜가 하늘을 찌를 듯해도 나씨 집안에서까지 후계 이야기가 은밀하게 오가는 모양입니다. 아기씨나 태어날 아드님이 성년이 되면 당연히 그렇게 되겠지만, 성년까지 기다리지 않아도 금방 좋은 소식이 올 수도 있을 것입니다. 세력 균형을 위해 세웠다 하더라도 성주이자 부족장의 후계를 대책도 없이 무작정 기다릴 수는 없겠지요."

여인은 늙은 종놈의 이야기를 들으면서 아득한 느낌이 들었다.

그래서 어쩌라는 말인가? 딸아이를 데리고 나가 반남성 성주의 시앗으로 살면서 그의 후계자가 될 사내아이를 낳으라는 말이 될 법이나 한 소리인가? 더욱이 그 사내아이가 웅장 성주와 토호 역창의 공동 후계자가 된다는 것이 말이나 되는 소리인가?

시아버지가 자신을 데리고 있으면서 대를 이을 아이를 낳기는 이미 틀린 일이다. 아들도 없으면서 며느리가 낳은 아이로 대를 이을 수는 없을 테니까. 결국은 딸의 행복을 염원하는 친정아버지처럼 며느리를 떠나보낸다는 명분을 내세워 시집을 떠나게 한 다음, 밖에서 아들을 얻으면 처음에 의도했던 대로 가문의 대를 잇게 하겠다는 뜻인 것 같다고 생각했다.

여인은 심사가 편하지 않은 표정이었다.

늙은 종놈의 다음 이야기가 이어졌다.

"아씨께서 옮겨가실 곳은 영산강 포구에 있는 객줏집 안채입니다. 안채는 먹고 마시고 잠자는 사람들과는 전혀 마주치지 않는 곳입니다. 구조를 완전히 뜯어고쳐 버렸지요. 거기서 아씨와 아기씨의 시중을 들게 될 사람은 지금까지 객줏집을 운영해온 춘심이라는 여자입니다. 기생 출신으로 부모 모시며 오라비와 함께 객줏집을 운영해왔는데, 이번에 부모 모실 집은 따로 사주고, 객줏집은 사들이다시피 해서 다시 그 오라비에게 운영을 맡겼지요. 그러니 시중드는 일에 조금도 소홀하지 않을 것입니다."

늙은 종놈은 애당초 춘심이가 기방에 있을 때부터 웅장 성주를 연모하다가 성주와 잠자리를 함께하기도 했다는 정보를 가지고 일부러 접근했다는 말은 하지 않았다.

"춘심이에게는 넉넉한 재물에다 부모와 오라비 부부까지 가족을 모두 엮어 단단히 일러두었으니 아씨를 지성으로 모실 것입니다. 섣불리 행동했다가는 어떻게 된다는 것을 일러주자 그제야 '앗뿔사' 하는 표정으로 두려워하며 온몸을 사시나무 떨 듯 하더군요. 그러니 어려운 일이 있으면 안심하고 춘심이와 의논하시기 바랍니다. 재물에 대한 욕심 때문에라도 그렇고, 가족이 위해를 당할까 걱정해서라도 목숨을 걸고 아씨를 받들 것입니다."

늙은 종놈의 말에 여인은 잠시 춘심이란 여자를 떠올려봤지만 아무런 감흥도 없었다. 자신이 어떻게 될지도 모르는 판국에 시중을 들 여인에 대한 설명이 귀에 들어올 리가 있겠는가.

"아씨, 옮겨 가신 다음에는 가급적 외출은 삼가시는 게 좋을 성싶습니다. 부득불 외출을 하셔야 할 때는 춘심이를 통해 그 오라비의 보호를 받으시기 바랍니다. 반남성 관할이라 아씨께서 믿고 청을 넣을 수 있는 사람은 춘심이 가족뿐이라는 사실을 명심해 두십시오."

재물이라는 당근과 보복이라는 채찍으로 춘심이 가족만큼은 완전히 매수를 해서 배신하지 못하도록 해뒀다는 이야기였다.

"이 모든 것이 주인 어르신의 세심한 배려입니다."

"아버님께서?"

여인은 이런 간단치 않은 계획이 모두 시아버지 토호 역창의 복안이라는 말에 잠시 놀란 표정을 지었다. 시아버지는 왜 이렇게까지 해서 자신을 내보내려고 하는 것일까?

"이 무식한 종놈도 처음에는 주인 어르신의 말씀을 듣고 의아했습니다. 아씨와 아기씨만 보내 드리면 되지 이렇게 치밀한 계획을 세우는 까닭이 무엇이며, 주인 어르신의 깊은 뜻이 무엇인지 궁금하기도 했지요."

그것은 여인도 마찬가지였다.

"그런데 주인 어르신의 말씀을 듣고 저는 탄복했답니다. 가문의 대를 잇는 일보다 훨씬 더 큰 그림을 그리고 계셨거든요. 아씨를 보내드리는 것이 하늘의 뜻이고, 아씨와 성주님이 천생배필이라는 데는 주인 어르신이나 이 무식한 종놈이나 한마음입니다. 그런데 어르심께서는 여기서 한 걸음 더 나아가 하늘의 순리를 깨달으신 것입니다."

하늘의 뜻이니, 천생배필이니 하는 설명도 낯설었지만, 시아버지가 깨달았다는 하늘의 순리가 무엇인지 궁금한 것은 어쩔 수 없었다.

"아버님께서 하늘의 순리를 깨달으셨다니 무슨 말인가?"

"주인 어르신께서 아둔한 놈이라고 저를 호되게 나무라시며 일깨워 주셨지요. 아씨로 말미암아 '우리 집안도 살고, 웅장 성주도 살리는 길'이 뭐겠습니까? 아씨께서 아들을 낳으시면 우리 집안의 대를 이을 뿐 아니라 웅장 성주의 후계자가 되도록 하시겠다는 것입니다."

여인은 도무지 갈피를 잡을 수가 없었다. 어떻게 그런 일이 가능하단 말인가? 일찍이 시아버지 토호 역창에 대한 숱한 일화를 들은 바 있어 예삿 분이 아닌 줄은 알았지만, 어떻게 이런 발상을 할 수 있을까 싶었다.

"주인 어르신의 말씀을 듣고 보니 아씨는 비록 떠나시더라도 떠나시는 게 아니구나 하는 생각이 들었죠. 누가 뭐래도 아씨는 이 댁의 귀신이라는 뜻입니다. 그리고 아기씨는 물론이고 앞으로 태어날 자녀들도 주인 어르신의 손자 손녀들이라는 것입니다. 당연히 웅장 성주의 후계자나 자녀들이기도 하고요. 이러한 주인 어르신의 깊고 넓은 뜻을 깨달았기에 이 미천한 종놈이 목숨을 걸고 아씨를 보필하려고 한답니다."

늙은 종놈의 설명에 여인의 심사는 더욱 복잡해지는 것 같았다.

자신이 토호 역창의 집을 떠나야 하는 이유로는 너무나 어이가 없고 황당하게 느껴지기까지 했지만, 여인으로서는 스스로 할 수 있는 일이 아무 것도 없었다. 차라리 아무 것도 모른 채 떠났더라면 한결 마음이 홀가분했을 텐데, 사정을 알고 나니 오히려 불편하기만 했다.

과연 이런 것이 배려일까?

딱히 시아버지의 조치에 대해 감사하는 마음이나 원망하는 마음은 생기지 않았지만, 누군가가 자신의 인생을 들여다보면서 조종하고 있다는 느낌이 들기 시작했다.

웅장 성주는 성으로 돌아갔다.

서방님 웅장 성주가 떠나가고 나자 비어 있는 옆자리가 너무나 허전했다. 딸아이는 너무 순해빠져서 칭얼거리거나 보채는 일도 드물어서 호젓하기만 하다.

한밤중에 역창의 집을 떠나 옮겨온 곳에서 사흘 만에 정말로 딸아이의 아버지를 만나는 순간, 늙은 종놈에게 들었던 이야기들이 그대로 진행되었구나 하는 것을 실감할 수 있었다. 비록 바깥 세계와는 차단이 된 채 갇혀 지내다시피 하지만, 반남성 성주라는 서방님이 가끔씩이라도 찾아준다면 얼마든지 견딜 만하겠다고 생각했다.

아직도 온몸의 삭신이 노곤했다. 그리움과 육욕이 뒤범벅되었던 지난밤의 질펀한 향연으로 온몸이 스멀거리는 느낌이었다.

그러면서도 자신이 이제부터 정신을 바짝 차려야 한다고 마음을 다잡았다. 늙은 종놈의 말을 귀담아 들은 이상 스스로 어떻게 할 수는 없을지라도 무슨 일이 닥치든 나름대로 대응해 나갈 수 있도록 항상 마음의 준비는 하고 있어야 한다는 생각이 들었다.

시아버지의 계획이 뼈끝에 사무치도록 고마운 배려인지, 자신을 이용하기 위한 수단인지는 모르겠지만, 포대기에 싸여 함께 떠나온 딸아이를 위해서나 새로 시작된 자신의 인생을 위해서나 이제부터는 남들에게 휘둘리며 살아갈 수만은 없다고 다짐했다.

대를 잇기 위한 일이라며 시아버지가 주선해주었던 시가(媤家)의 침소(寢所)에서는 얼굴조차 제대로 볼 기회가 없었던 사람이었다. 그런데 지난밤에 자세히 본 바로 웅장 성주는 정말 소문대로였다. 정작 살을 섞을 때는 그가 누구인 줄도 몰랐지만, 딸아이의 아버지가 웅장 성주라는 사실을 알기 전에도 그에 대한 소문은 진작 들은 바 있었기 때문이다.

나씨(羅氏) 가문과 혼인한 다음 성주까지 차지한 웅장이 반남성에서 유명해진 것은 당연했지만, 소문은 미암성 등 다른 마한 지역과 삼한 전체에 널리 퍼져 있었다. 인물이 훤칠하고 용모가 수려하며 인품이 어질다는 소문이었다. 이목이 뚜렷하게 잘 생긴 얼굴은 삼한(三韓) 처자(處子)들의 가슴을 설레게 하는 동경의 대상이라고 할 수 있었다.

그런 웅장이 자신의 지아비일 줄이야 상상이나 했던가.

여인은 공연히 가슴이 뛰고 아랫도리에서 열기가 뻗쳐오르는 느낌을 받는다. 삼한 처자들이 가슴앓이를 하는 대장부에게 발가벗겨졌다는 생각만 해도 온몸의 뼈마디가 녹아내릴 것만 같았다. 욕정에 세찬 불이 지펴진 듯 얼굴이 홍조를 띠면서 열기가 뻗쳐올랐다.

육중한 가슴팍에 얼굴을 파묻고 비릿한 사내의 체취를 맡으며 질펀한 육욕에 까무러치기를 수차례, 그 스멀거리는 꿀맛 같은 여운은 웅장이 떠난 뒤에도 온몸에 그대로 남아 불쑥불쑥 경련을 일으키곤 했다.

어찌 이런 행복을 스스로 내치거나 잃어버릴까 보냐.

늙은 종놈의 말이 아니더라도 빈틈없이 처신하여 굴러들어온 복을 차버리지는 않겠다고 여인은 지난밤 내내 다짐하고 또 다짐했다.

"아씨는 웅장 성주님을 배웅하실 때도 절대로 툇마루를 벗어나시지 않는 게 좋을 듯합니다. 사방에 아씨를 지켜보는 눈이 있다고 생각하셔야 합니다."

반남성 마님의 귀에 쉽사리 소문이 닿지 않게 하려면 처신에 한 치의 소홀함도 없어야 하리라. 그래서 성으로 돌아가는 지아비를 배웅하기 위해 방문을 나섰던 여인은 툇마루에 선 채로 작별 인사를 건네야 했다.

"서방님, 소첩과 아이를 이처럼 애지중지해 주시니 감읍할 다름입니다."

"임자, 내 금방 다녀오리다."

여인인들 안채를 나가 멀리까지 배웅을 하고 싶은 마음이 왜 없을까. 지아비에게 언제 다시 오실 것이냐고 묻지도 못한 채 보내야 한다는 것이 기가 막혔다.

삼월이

웅장이 등을 보이며 안채 모퉁이를 돌아나가자 늙은 종놈이 떠나오기 전날 하던 말이 다시금 머릿속에 떠올랐다.

"성주님을 배웅하실 때도 아씨는 절대로 툇마루를 벗어나지 마십시오. 객줏집 안채를 뜯어고친 것도 집에서 떠나신 아씨의 안위가 걱정되어 이 늙은 종놈의 충정(衷情)으로 그렇게 한 것입니다. 주제넘다고 여기지 마시고 아씨와 아기씨에 대한 소인의 정성으로 여겨주십시오. 아시다시피 이 늙은 종놈에게 피붙이라고는 개미 새끼 한 마리 없습니다."

그랬던가 싶었다. 늙은 종놈에게 특별히 관심을 기울인 적이 없었던 여인으로서는 한 번도 들어본 적이 없는 이야기였다.

"대물림으로 주인 어르신 댁에 살게 되었던 부모 형제들은 모두 세상을 떠났습니다. 대물림한 종놈 신세를 자식들에게 또다시 대물림하는 게 싫어서 장가는 포기했지요. 한편으로는 주인과 종놈 신분으로 함께 자란 주인 어르신을 섬기도록 타고난 숙명이라면 주인을 모심에 있어서 다른 마음이 있어서는 안 되겠다 싶어서 스스로 혼인을 포기하기도 했고요."

물론 처음 듣는 이야기였다. 그럼에도 늙은 종놈이 자신과 딸아이의 인생에서 지울 수 없는 존재라는 생각이 들자 그의 이야기가 귀에 들어왔다.

"장가가서 자식을 낳으면 여편네와 새끼들에게 모시는 주인보다 더 정이 가지 않겠습니까? 그러다 보면 주인에게 소홀해지게 마련이고 주인을 원망하기도 하는 두 마음이 생길 것 같아 일찌감치 포기하고 여태 이렇게 늙어 왔답니다. 물론 주인 어르신을 비롯한 여러분의 독촉을 받기도 했고 혼인하기를 원했던 종년도 여러 명 있었지요. 특히 삼월이년을 생각하면 지금도 목이 메고 가슴이 무너진답니다."

"삼월이년과 저는 어려서부터 장래를 약속했답니다. 제가 냉정히 거절하는 바람에 삼월이년은 차디차게 얼어붙은 모습으로 돌아오고 말았지요. 그해 겨울은 매섭게 추웠답니다. 그녀는 수십 차례 혼인을 조르다가 끝내 거절하는 저에게 저주와 독설을 퍼붓고는 영산강 하류의 추운 강물에 스스로 들어가고 말았습니다. '내 연정을 빼앗아간 이 집안의 대를 끊어 놓겠다.'고 악담을 했던 독한 년이지요. 삼월이의 청을 끝내 거절했던 이놈 또한 지독한 놈이고요. 머리카락에 하얗게 얼음이 서려 있고 발끝까지 꽁꽁 얼어붙은 채 굳어 있는 삼월이년을 보면서 이 종놈은 눈물조차 말라 버렸답니다. 이놈은 그때 피눈물을 가슴에 묻으며 다짐했답니다. 삼월이년 몫까지 주인 댁에 충성을 다하겠다고 말입니다. 그리고 검은 머리에 이렇게 허연 서리가 내릴 때까지 오직 주인 어르신을 위해 아귀 같은 인생을 살아왔습니다."

대답을 바라는 넋두리도 아니겠지만 여인으로선 아무 말도 할 수 없었다.

"이제 이 늙은 종놈이 원하는 바가 뭐라고 생각하십니까? 갑작스런 질문에 아씨께서는 어이가 없고 화도 나실지 모르겠습니다. …삼월이년의 저주에 찬 독설 때문인지 거짓말처럼 가문의 대가 끊어지고 말았습니다. 모두가 이 천한 종놈의 업보이옵니다. 이놈의 주제넘은 망상으로 삼월이의 상사병을 외면하는 바람에 주인댁에서 날벼락을 맞은 것입니다. 건강하시던 작은 주인께서 어떻게 그렇게 갑자기 돌아가실 수가 있겠습니까? 저는 삼월이년이 그예 저승에서 저주를 퍼붓고 있는 것이라고 믿습니다. 그렇다고 이놈이 삼월이년에게 질 수는 없지 않겠습니까? 이놈이 그년의 삐뚤어진 심보를 바로잡고, 저승에 가서 삼월이년을 행복하게 해줄 것입니다. 물론 힘껏 안아주고 실컷 사랑도 해줄 것입니다."

여인은 늙은 종놈의 넋두리를 들으며 나이만큼 한도 많구나 하는 생각이 들었다. 다른 사람의 인생에 대해 손톱만큼이라도 관심을 가져보기는 처음이었다.

"그렇다고 이승에서 그년이 하는 대로 놔둘 수는 결코 없습니다. 삼월이년의 저주로 끊어진 주인댁의 대를 잇는 대명(大命)을 받들 참입니다. 이 길만이 일생을 목숨 걸고 지켜온 이 댁에 대한 마지막 선물이 될 것입니다. 물론 삼월이년은 저승에서 저를 원망하면서 피눈물을 쏟고 있을지도 모르겠습니다. 그러나 제까짓 년이 주인댁의 대를 끊겠다고 저주를 퍼부었지만 저를 어떻게 할 수는 없을 것입니다. 죽음도 불사할 정도로 저를 사랑했던 년이 설마 저에게야 해를 끼치겠어요? 이 종놈은 지금도 삼월이년에게 속으로 늘 빌고 있답니다. '조금만 기다려라. 저승에서는 너와 혼인해서 네 소원을 들어주마. 힘껏 사랑하고 행복하게 해주마.' 이렇게 말입니다. '그러니 아씨만은 방해하지 말고 이제 너도 편안히 눈을 감고 조금만 기다려달라.'고 말입니다. 삼월이년이 듣는지 못 듣는지는 중요하지 않고, 다만 이놈은 그렇게 믿으며 빌고 있을 뿐이랍니다. 그래야만 이놈의 마음에 위안이 된답니다."

늙은 종놈의 말에 간절함이 묻어났다. 주인을 섬기기 위해 사랑하는 여자의 바람을 저버렸다는 사실도 그렇고, 그 바람에 여자가 스스로 목숨을 버렸다는 사실도 실감이 나지는 않는다. 여인에게는 자신의 처지를 돌아보는 계기가 되었다.

"삼월이년은 두 눈을 부릅뜬 채 허옇게 얼어붙어 있었지요. 지금도 그렇게 저승으로 떠난 삼월이년만 생각하면 억장이 무너진답니다. 이놈이 잘못을 빌며 눈을 감겨 주었더니 신기하게도 얼어붙었던 삼월이년의 두 눈이 봄눈 녹듯 스르르 감겨지더군요. 주위에 둘러서서 가마니를 들추고 함께 지켜보고 있던 종놈들과 종년들의 입에서도 놀라움의 탄식소리가 이어졌답니다. 결국 이놈만 몹쓸 인간이 되고 말았지만요."

"주인댁에서는 이 종놈더러… 재수가 없다고 시체를 어디다 버려서 짐승들 밥이나 되게 하라고 했습니다만, 그것만은 분부를 따를 수가 없었습니다. 삼월이년은 저를 사랑하다 그리 되었으니까요. 그년을 가마니에 둘둘 말아 지게에 받쳐지고 저 뒷산 아래로 갔습니다. 삼월이년을 죽음으로 내몬 제가 밉다고 어느 종놈 하나 거들어주거나 거들떠보지 않았답니다. 뒷산 아래 꽁꽁 얼어붙은 땅을 파는데 이놈의 손에는 피멍이 들고 이놈의 두 눈에는 피눈물을 흘렸습니다. '개 같은 년, 뒈지기는 왜 뒈져?' 하고 퍼부었지요. '어느 놈을 만나든지 새끼 낳고 잘 살면 되지 뒈지기는 왜 뒈지느냐?'고 말입니다."

"삼월이년을 피눈물로 묻고 온 저는 피눈물로 맹세했습니다. 서러움도 저주도 씻어냈지만 악에 바친 맹세였지요. '삼월이 네 년이 내 가슴을 이렇게 찢어지게 했으니 나는 보란 듯이 주인댁을 위해 더 충성을 바칠 것이다.' 그리고 저는 아씨께서 시집오신 다음에 보셔서 잘 아시듯이 악귀(惡鬼)가 되어 주인댁에 해를 끼치는 놈들이라면 물불 가리지 않고 혼을 내고 주살(誅殺)하기도 했습니다. 오히려 주인 어르신께서 저를 나무라실 정도였지요. 그러나 저는 멈추지 않았습니다. 주인댁을 위한 일이라면. 이런 저를 다른 종놈들과 종년들은 미쳤다고 상대도 해주지 않았고, 외톨이로 살아가면서도 저는 개의치 않았습니다. 오히려 그러면 그럴수록 더욱 기를 쓰며 주인댁을 위해 충성을 다했습니다. 그리고 오늘에 이르렀습니다.”

"이제 이렇게 머리에 허옇게 서리가 내리도록 살아온 제 삶을 되돌아볼 때면 그저 기가 막힙니다. 죽은 삼월이년을 묻을 때 산기슭에서 손에 피멍이 든 채 피눈물을 흘리며 서럽게 통곡했듯이 지금 이 순간 짐승처럼 울부짖고 싶습니다. 아니 마음속으로는 이미 그렇게 하고 있습니다. 그동안 참 몹쓸 짓 많이 하며 세상 살아왔지요. 제 가슴에 대못을 박고 뒈져버린 삼월이년에 대한 복수심도 제가 악귀가 되는 데 한 푼 보태준 셈입니다. 죽은 년만 불쌍하다고 종놈 종년들이 수군덕거렸지만 살아 있는 이놈도 죽은 년과 마찬가지로 이미 죽은 목숨이나 다름없는 삶이었지요. 오히려 어떻게 보면 저승에서 편안히 쉬고 있는 삼월이년보다 더 불쌍한 삶을 살았다고 할 수 있을 것입니다.”

"죽은 사람의 저주도 모자라 산 사람의 저주까지 받으며 살아가고 있는 이놈을 누구나 싫어하고 외면했지요. 주인 어르신만 빼고요. 이놈이 무서워서, 아니 주인 어르신이 뒤에 계시니까 이놈의 눈치를 살필 뿐 뒤돌아서기가 무섭게 이놈을 저주하고 욕설을 퍼붓습니다. 그러면 그럴수록 저도 또한 더욱 그들을 괴롭힙니다. 구실이야 기가 막히게 둘러대니 지 놈들이 어떻게 변명이라도 해볼 재간이나 있을까요? 허구 헌 날 신세타령이나 늘어놓는 지 놈들이 주인 어르신의 고충을 살필 재간이나 있을까요? 그저 주는 대로 세 끼 밥에 배부르면 그만이고 따뜻한 잠자리에 드러누워 머리를 구들장에 갖다 대기만 하면 코를 골고 곯아떨어지는 지 놈들이 수십만 평 염전을 일구고 수백 명 종놈들과 사병을 다스리는 애환을 알 수 있기나 하던가요? 무식한 놈들이 그러고도 터진 입이라고 급살 맞을 주둥이로 있는 말 없는 말 온갖 낭설(浪說)은 다 퍼뜨리고 다닌답니다. 그러니 대가 끊기게 생긴 주인 어르신께서 하루하루 살아가시는 게 얼마나 큰 고통이시겠습니까?"

"주인께서 집안의 대소사(大小事)를 모두 저에게 맡기신 연유가 무엇이겠습니까? 사병의 우두머리도 있습니다만, 그놈도 주인 어르신보다 제 마누라 자식새끼가 우선일 수밖에 없습니다. 그놈들의 거짓 혀 놀림에 이골이 나신 주인께서 주위의 반대에도 불구하고 이 천하디 천한 종놈을 집사로 삼아 주인 어르신 다음 자리에서 이 집안을 다스리도록 하신 것입니다. 이 놈이야말로 이 집안에 대대로 내려온 종놈 출신 아닙니까? 저 마구간에 말이 새끼를 낳으면 이 집 망아지가 되듯이 저도 또한 태어나자마자 이 집의 종놈이 되고 말았습니다. 그런 천한 놈이 이 미암성 관할에서 첫째 둘째가는 집안의 주인 어르신 다음 자리에 올랐습니다."

"주인 어르신께서 저에게 권한을 위임하시던 날, 저는 제가 부리게 될 종놈에게 술병을 꿰차게 하고 삼월이년 무덤을 찾았습니다. 그리고 종놈에게 술을 따르게 하고 실컷 취해서 마구 퍼부었답니다. '봐라, 삼월이 네년이 틀렸다. 나는 이제 종놈의 신분을 벗었다. 그리고 이 미암성 부족의 첫째, 둘째가는 집안의 집사 자리에 올랐다. 미암성에서는 아무도 함부로 할 수 없는 권세를 얻었단 말이다. 천한 종놈도 하기에 따라선 이렇게 될 수도 있단 말이다. 삼월이 네년이 죽지만 않았다면 네년의 자식새끼들은 내가 옛정을 생각해서 거두어줄 수 있었을 테고, 네 년과 살을 맞대고 사는 네 년의 지아비도 편하게 거두어 주었을 턴데… 이 못난 년아, 뭐가 잘났다고 뒈지기는 왜 뒈졌냐?' 그러면 속이 시원할 줄 알았답니다. 그러나 설움은 더욱 북받치고 살아있는 자신이 싫었습니다. 삼월이년 무덤에서 그냥 죽고 싶었습니다. 저는 데려간 종놈에게 주정을 하며 뭐라고 지껄였는지 아십니까?"

"그 종놈에게 '너는 나 같은 종놈 되지 말거라. 그냥 보통의 종놈으로 살면서 똑같은 신분의 종년에게 장가들어 종놈 씨앗을 낳고 종놈답게 살아라. 나처럼 종놈이 주제넘은 생각을 하면 여기 묻혀 있는 삼월이년처럼 자신을 연모하던 여자가 스스로 목숨을 버리게 만들고 자신도 세상으로부터 온갖 손가락질을 받게 된다. 알았느냐, 이놈아?' 하고 떠들었지요. 그놈은 도시 무슨 말인지 모르겠다는 듯 두려운 눈초리로 눈치만 살피고 있었습니다. 그도 그럴 것이, 이놈은 어린 종놈이라 집안에서 둘째가는 저의 권세가 두렵기 그지없었겠지요. 제 기분을 거슬렀다간 제깟 놈은 바로 죽임을 당할 수도 있을 테니까요. 술이 취한 늙은 종놈을 새로 종놈의 종놈이 된 종놈이 부축하고 산을 내려왔습니다. 그리고 다음날부터 늙은 종놈은 전과 다름없이 주인댁을 위해 충성을 다하고 있습니다만, 아씨께 특별히 부탁드릴 말씀이 있습니다."

여인은 자신에게 '특별히 부탁드릴 말씀'이 있다는 늙은 종놈의 말에 새삼스럽게 그를 똑바로 쳐다보았다.

"아씨께서는 이 댁을 떠나시더라도 반드시 살아남으셔야 합니다. 아예 허튼 생각일랑 마십시오. 아씨로 인해 이 댁과 반남성 성주님의 대(代)가 이어져야 하기 때문입니다. 두 가문을 위하여 튼튼한 아들을 낳아 주십시오. 이는 주인 어르신의 한결같은 염원이자, 웅장 성주님의 바람이기도 할 것이며, 이 늙은 종놈의 간청(懇請)이기도 합니다."

'아들을 낳아 달라'는 것이 '특별히 부탁드릴 말씀'이라는 늙은 종놈의 말에 여인은 한편으로 어이가 없으면서도 다른 한편으로는 자신이 아들을 낳을 수도 있을까 하는 생각에 얼핏 얼굴이 붉어지는 느낌이었다.

늙은 종놈이 아퀴를 짓듯 감정을 짓누르며 입을 열었다.

"아씨께서 아들을 낳으시면 삼월이년의 저주도 풀릴 것입니다. 이 늙은 종놈이 주인댁에 지은 죄도 갚을 수 있겠지요. '이 집안의 대를 끊어 놓겠다.'고 저주하며 한을 품고 자결했던 삼월이년에게 빌미를 준 원한의 씨앗도 사라질 거란 말입니다. 아씨, 이렇게 엎드려 빕니다. 이 늙은 종놈의 가련한 청을 외면하지 마십시오. 소인이 저승에 가서 작은 주인을 뵈었을 때 용서받을 수 있는 방법도 이 길밖에 없겠지요."

늙은 종놈은 여인의 앞에 납작 엎드린 채 눈물을 흘리며 주절거렸다.

"그런데 어떻게 이 늙은 종놈이 아씨께 매달리지 않을 수 있겠습니까? 첫째도 안전, 둘째도 안전, 셋째도 안전입니다. 부디 소인이 드린 말씀을 명심하시고, 무슨 일이든지 필요하시면 언제라도 연통(連通)을 보내 주십시오. 그런 일은 춘심이에게 하명(下命)하셔서 춘심이의 오라비가 심부름하도록 하면 됩니다. 아씨의 일이라면 이 늙은 종놈은 불원천리(不遠千里)하고 즉시 달려가 아씨를 모실 것입니다."

시집을 왔던 토호 역청의 집을 떠나기 하루 전이었다. 늙은 종놈이 하는 말 중에서 여인이 알아듣지 못할 말은 없었다. 그것은 시아버지가 전하는 말이기도 했다. 이제 시아버지의 집을 떠나면 반남성 성주 웅장의 작은댁 살림을 시작하는 것이다.

늙은 종놈의 말은 구구절절(句句節節) 비수처럼 여인의 머릿속에 박혔다. 이제 떠나면 딸아이와 자신은 고립무원(孤立無援)의 신세가 될지도 모른다는 절박감이 몰려왔다. 땅바닥에 엎드려 양 어깨가 흔들리도록 훌쩍거리며 닭똥 같은 눈물을 뚝 뚝 흘리는 늙은 종놈의 모습을 보며 끝내는 여인도 서럽게 울었다.

비극의 씨앗

웅장 성주는 입가에 미소를 지으며 말고삐를 잡아당긴다.

요즈음은 하루하루의 생활이 즐겁기만 하다. 보름이 멀다하고 틈만 나면 성 밖으로 잠행(潛行)을 했고, 성 밖으로 나갈 때마다 춘심이의 객줏집을 찾았다. 객줏집의 안채를 찾을 때마다 여인이 다소곳이 웅장을 반겨주었다. 딸아이가 자라는 모습도 사뭇 새로웠다.

여인은 서두르지도 않고 늦었다고 투정 부리는 법도 없었다. 말이 없는 가운데 조용히 웅장을 반겨 주었다. 그럴 때마다 웅장은 온몸에 경련이 일고 가슴이 저려오는 느낌이었다.

매번 욕정에 불을 댕기는 쪽은 웅장이었다. 웅장이 내민 손을 잡고서야 품에 안겨왔다. 먼저 웅장에게 눈짓을 보내거나 의사를 표시한 적은 없었다. 그러나 일단 불이 댕겨지면 거침없이 타올랐다.

웅장이 '혹시나 오늘은 싫다는 뜻인가?' 하고 의아스럽게 생각하면서도 '그러나 모처럼 찾아왔으니 어쩔 수 없지 않은가?' 싶은 심정으로 슬며시 손을 잡고 끌어당기면 어김없이 안겨 와서 웅장의 성욕에 불을 지폈다. 그리고 언제 그랬냐는 듯 펄펄 살아서 질편한 육욕(肉慾)의 향연(饗宴)을 펼친다.

매번 웅장이 시작을 하지만, 그렇게 시작된 성(性)의 놀이는 웅장이 두 손을 들어야 끝을 본다. 그렇게 착착 감겨오던 여인은 웅장이 물러날 기세면 언제 그랬냐는 듯 가만히 양 팔과 두 다리를 거두어들였다. 웅장은 도시 이 여인네의 흉중(胸中)을 알 수가 없었다.

자신을 애타게 원하는 것 같기도 하고, 자신의 기분을 맞추려고 일부러 그러는 것 같기도 하고, 마중하고 배웅하는 일상의 몸가짐뿐만 아니라 침실에서의 모든 행동거지까지 자신을 위해서 행하고 있다는 느낌은 확실했다.

웅장은 그런 여인의 모든 것이 좋게만 여겨졌다. 그러다 보니 춘심이의 객줏집 안채를 나서기가 무섭게 다시금 여인의 모습이 떠오르곤 했다. 바로 조금 전까지 함께 있었으면서도 문밖을 나서자마자 모습이 그려지고 그리움이 밀려오는 것이다. 반남성 안의 부인과는 한 번도 경험하지 못한 일이었다. 이런 것을 두고 천생배필(天生配匹)이라고 하는가?

여인이 춘심이의 객줏집 안채로 들어오자 당장 호칭이 문제였다. 특히 웅장이 춘심이와 이야기하면서 여인을 지칭할 때가 가장 난감했다. 여인을 어떻게 불러야 할지는 웅장이 나서서 이래라 저래라 할 일도 아니어서 엉거주춤하고 있을 때 춘심이의 입에서 그럴 듯한 해결책이 나왔다. '미암성 마님'이라는 호칭이었다.

"아랫사람들이 임자를 뭐라고 부르게 하면 좋겠소?"

웅장이 한 번은 여인에게 직접 이렇게 의견을 물어보기도 했지만 미소만 지을 뿐 가타부타 대답이 없었다. 어쨌거나 첩살림이니 '작은 마님'이면 어떨까 싶기도 했는데, 결국 춘심이의 참견이 있고서야 '작은 마님'이 아닌 '미암성 마님'이 되었다.

실은 춘심이가 부르기 시작한 '미암성 마님'이라는 호칭도 스스로의 머리에서 나온 게 아니라 늙은 종놈의 지시에 따른 것이었다. 그만큼 늙은 종놈이 주도면밀하게 준비를 했다는 뜻이다. 이런 호칭 하나까지 염두에 두었을 정도면 '작은 마님'에 대해서도 생각지 못한 바는 아니었을 테고, 응당 웅장의 본부인을 '반남성 마님'이라고 부르겠다는 의도도 짐작이 갔다.

늙은 종놈은 객줏집이 있는 영산강 포구에서의 일을 마치고 본거지인 토호 역창의 집으로 돌아가면서 춘심이에게 이런 당부를 잊지 않았던 것이다.

"춘심이, 절대로 아씨를 '작은 마님'이라고 부르면 안 되네."

늙은 종놈은 대놓고 춘심이의 이름을 불러댔다. 웅장이 객줏집에서 처음 만날 당시만 해도 춘심이를 주인마님이라고 부르던 그가 언제부터 이름을 마구 부를 수 있게 되었던 것일까? 늙은 종놈이 넘치게 재물을 건네 춘심이의 객줏집을 사들이다시피 하고 이런저런 일거리를 만들어주면서 입장이 뒤바뀐 모양이었다.

"아씨를 '작은 마님'이라고 부른다는 것은 '반남성 마님'을 '큰 마님'으로 삼아 종속적으로 살아간다는 뜻이거든. 그런 관계로 흘러가도록 내버려둘 수는 없지. 관계를 대등하게 설정하려면 당장 걸맞은 호칭부터 필요해. 그러자면 적어도 '작은 마님'으로는 안 되겠지? 그래서 '반남성 마님'과 대등한 '미암성 마님'이라고 하자는 거야."

그러나 아무나 성(城)의 이름을 붙여 마님이라는 호칭을 쓸 수는 없다. 웅장은 성주이기 때문에 그 부인을 '반남성 마님'이라고 해도 전혀 문제가 되지 않는다. 그렇지만 토호 역창이 미암성 관할이라고는 해도 청상(靑孀)의 며느리를 '미암성 마님'이라고 해도 좋을까?

적어도 '미암성 마님'이라는 호칭을 쓸 수 있는 사람은 미암성의 성주인 열갈의 부인이나 딸 등 가까운 부녀자들뿐이다. 토호 역창의 집사 노릇을 하는 늙은 종놈이 그런 사실을 모를 리 없다. 그러면서도 굳이 그렇게 하려는 뜻을 늙은 종놈은 이렇게 둘러댔다.

"춘심이 자네도 생각해보게. 혼인해서 시집을 오게 되면 이

웃들이 불러주는 이름이 있지 않던가. 택호(宅號)라고 하는데, 그게 대부분 시집오기 전에 살던 마을 이름을 붙여 부르지. 그렇게 생각하면 미암성에서 이곳으로 시집온 것이나 진배없는 아씨를 '미암성 마님'이라고 부르지 못할 까닭이 어디 있겠는가?"

늙은 종놈이 춘심이에게 객줏집의 여인을 '미암성 마님'이라고 부르도록 강하게 이야기한 까닭은 두 가지 정도로 정리해볼 수 있었다. 우선 그렇게 불러야 할 사람이 극히 제한되어 있어서 그 호칭으로 인해 문제가 확대될 염려는 별로 없었기 때문이다. 아울러 토호 역창의 집안과 성주 웅장의 뒤를 이을 후계자를 염두에 두고 미리 그에 걸맞게 설정한 호칭이라고 생각할 수도 있었다.

"춘심이, 우리끼리 '미암성 마님'이라고 부른들 하등 허물이 될 까닭은 없다네. 또 어찌 보면 춘심이가 모시는 분이 '작은 마님'이라 불리어지고, 반남성 마님을 '큰 마님'이라 부른다면 자네의 마음인들 썩 좋을 까닭도 없지 않겠는가?"

늙은 종놈은 정말 잘도 지껄이고 잘도 둘러댔다. 그러나 춘심이가 들어봐도 결코 틀린 말은 아니었다.

"그리고 춘심이, 잘 생각해보게. 미암성 관할에서 두 번째로 부자(富者)이고, 그에 걸맞게 막강한 사병(私兵)들까지 거느리고 있는 우리 주인 역창 어르신의 따님 같은 며느리를 '미암성 마님'이라고 부른들 무슨 흉이 되겠어? 나의 주인이신 역창 어르신은 미암성의 열갈 성주님도 예를 차려 깍듯이 모실 만큼 대단한 분이시거든."

"안에 계신가?"

웅장이 객줏집의 안채로 들어오며 춘심이에게 물었다. 딱히 대답을 듣자고 물은 게 아니라 마중을 나온 사람에게 인사조로 건넨 말이었다.

"'미암성 마님'과 아기씨 말씀입니까, 성주님?"

말투에 뾰로통한 기운이 느껴져 슬며시 웃음이 나왔다. 웅장은 '미암성 마님'이라는 춘심이의 말에 관심을 보이며 물었다.

"방금 '미암성 마님'이라고 했는가?"

"예, 성주님. 미암성에서 오신 분이니 '미암성 마님'이라고 부르는 것이 당연하지 않겠습니까?"

춘심이는 늙은 종놈이 일러준 대로 충실하게 반복하고 있었다.

웅장은 춘심이의 말투가 뾰족하다고 느끼며 까닭을 짐작하고 있었다. 남녀 관계란 아무리 처지가 달라졌다고는 해도 쉽사리 잊어버리기는 어려운 법이었다. 한때나마 연모의 대상이었고, 두어 차례 살을 섞기도 했던 웅장이 아니던가. 어찌 보면 첩의 반열로는 먼저라고도 할 수 있을 테니 춘심이의 심정이 오죽하겠는가.

입가에 쓸쓸한 미소를 흘리며 자조(自嘲) 섞인 신세타령처럼 풀이 죽은 말을 내뱉는 춘심이의 심정을 웅장인들 왜 모르겠는가? 애써 외면하듯 모른 척하면서도 '미암성 마님'의 시중에 빈틈이 없는 춘심이의 마음이 고맙기만 했다. 웅장은 '미암성 마님'이라는 춘심이의 말에 동조해주는 것으로 이런 어색한 분위기를 벗어나고자 했다.

"'미암성 마님'이라? 그거 참 좋은 생각이구나."

웅장의 칭찬에 춘심이의 마음이 스르르 풀렸다. 춘심이로서는 웅장이 이미 쳐다볼 수도 없는 존재였다. 웅장에 대한 춘심이의 미련과 서운함 덕분에 '미암성 마님'이라는 여인의 호칭은 쉽사리 자리를 잡은 셈이었다.

행여나 이런 사실을 '반남성 마님'이 알면 어떤 일이 벌어질까?

삼한(三韓)에서 비교할 만한 대상을 찾기 어렵다는 투기(妬忌)의 화신이 객줏집 안채에서 벌어지는 일을 알기라도 한다면 '반남성 마님'의 불같은 질투심(嫉妬心)으로 어떤 일이 벌어질지 아무도 예측할 수 없는 상황이었다.

웅장은 '미암성 마님'이라는 호칭에 무척 마음이 즐겁다. 어차피 첩살림이라고는 하나 '작은 마님'이라고 불릴 때의 기분이 어떨지는 짐작하기가 어렵지 않았기 때문이다. 웅장은 춘심이를 앞세워 툇마루 앞까지 와서는 한껏 목소리를 높여 물었다.

"미암성 마님은 안에 계신가?"

춘심이에게 묻는 말인 듯 방 안에 인기척을 전하는 말이었
다.

그동안 찾아올 때마다 춘심이의 안내를 받으며 툇마루 앞까
지 와도 뭐라고 기척을 하며 부르기가 어색하기 짝이 없었다.
그냥 "안에 계신가?" 하는 소리로 얼버무리거나, 춘심이가 대
신 "아씨, 성주님 오셨어요." 하며 알리거나 한다. 그러면 스르
르 문이 열리면서 여인이 툇마루까지 나와 웅장을 맞이했고,
웅장은 여인의 마중을 받으며 방 안으로 들어갔다.

이번에도 크게 달라진 것은 없었다. 역시 안에서는 부스럭
거리며 움직이는 소리는 들리지만 흘러나오는 대답은 없다.
그리고 잠시 방안에서 수선스런 움직임이 있고 나서 가만히
문이 열린 다음 조용하고 나직한 목소리가 들린다.

"들어오시어요."

웅장은 가슴이 설렌다.

미암성 마님은 툇마루에서 웅장을 맞이하며 급히 툇마루 아
래로 내려설 것처럼 서두른다. 웅장은 툇마루로 올라가 여인
을 만류하여 먼저 방 안으로 들여보낸 다음 뒤따라 들어가며
방문을 닫는다.

방문이 닫히자 혼자 남은 춘심이의 표정이 쓸쓸해진다. 무
슨 생각을 하는 것일까? 춘심이가 한 차례 체머리를 흔들고는
툇마루 앞에서 물러난다.

방안으로 들어선 웅장은 세상 이치가 참 신기하다고 생각한다.

'오늘 같은 이런 날이 있을 줄 꿈이라도 꾸어보았던가? 세상에 이런 기막힌 인연과 만남도 있구나.'

웅장으로서는 참으로 고맙고 다행스러운 일이었다. 웅장의 부모님은 물론이려니와 처가에서도 웅장 부부가 자녀를 낳지 못하고 있다는 사실에 이만저만 걱정이 아니었다.

그런데 느닷없는 어부 참살 사건이 터지고 반남성 백성들이 분노하는 바람에 성주인 웅장이 미암성 지역으로 출정(出征)을 했던 것이다.

이러한 분쟁은 종종 있어 왔다.

마한(馬韓) 땅만 해도 수십 개의 작은 부족들이 있다. 이들은 씨족으로 뭉쳐진 씨족 사회보다는 한 단계 위라고 할 수 있는 수십 개의 부락(部落) 집단으로 형성되어 있는 부족 체제다. 부락의 대표들이 모이는 회의를 거쳐 부족장을 선출하고 그를 부족장 또는 성주라고 부르며 그 성주가 예하 부락들을 다스려 나간다.

그리고 다툼이 있게 마련이다. 전쟁이라고 부르기엔 적절치 않지만, 부족과 부족 간에 사건이 발생하면 부족에 속한 사병을 거느리고 찾아가서 항의를 하거나 사안(事案)에 따라 적절한 협상을 하여 양측이 원만한 해결책을 주고받음으로써 문제를 해결해 왔다.

마한 땅에서는 지금껏 이런 사소한 사건들로 인해 서로 전쟁을 한 적은 없었다. 그러나 저 북쪽에서는 철기병(鐵騎兵)들이 국가 체제를 세워 왕을 옹립하고 다른 나라와 전쟁을 벌여 수많은 사람을 참살한다는 소문이었다.

이러한 사실은 전쟁을 피해 이곳 마한 땅까지 내려온 피난민들에 의해 소문이 퍼져 나갔다. 이제 세상은 바야흐로 대변화가 시작되고 있는 것처럼 느껴졌다.

그러나 반남성은 아직 조용한 상태였다.

성주인 웅장은 기존의 삶의 방식을 고수하고 있었다. 성주이자 부족장인 웅장의 일과는 부족민들 사이의 사사로운 분쟁들을 판결해주거나 화해시킴으로써 부족민들의 단결과 화합을 이루어 여유롭고 평화로운 삶을 영위하도록 하는 것이었다.

성주로서 미암성 관할 지역으로 사병을 이끌고 항의를 하러 갔던 것도 그러한 역할 중의 하나였다. 출정의 목적은 당연히 죽임을 당한 어부들에 대한 적절한 대책을 마련해달라고 요구하기 위해서였다.

그런데 역창이라는 늙은 토호가 제의를 해왔던 것이다.

취중이기도 했고, 젊은 혈기에 호기심이 발동하기도 하여 일을 치르게 되었는데, 첫날밤에 청상(靑孀)이라는 토호 며느리의 미색에 빠져 버렸다.

그 다음부터는 웅장이 은근히 밤을 기다리는 처지가 되었다. 토호의 며느리는 미색뿐만 아니라 잠자리의 기술 또한 여느 여인네와는 비교하기 어려울 만큼 농염(濃艶)했다. 익을 대로 익은 무화과 열매에서 흘러내리는 단 꿀물처럼 웅장을 사로잡았다.

그런 미색(美色)과 염정(艶情)을 갖춘 여인네가 예쁜 공주 아기씨까지 안고 왔으니 그야말로 복이 넝쿨째 굴러 들어온 셈이다. 거기다 부인이 되어 일생을 함께 살자고 하니 웅장은 이런 신기한 인연에 그저 넋을 잃을 수밖에 없었다. 이러니 매사 싱글벙글 미소가 떠나지 않았다.

웅장은 오늘도 말고삐를 잡고 흥얼거리며 민심을 살피러 나간다고 성문을 나선다. 그런데 이번에는 꼬리가 달렸다. 호사다마(好事多魔)라고 했던가? 웅장이 요즈음 매번 자기를 떼놓고 혼자 시찰을 나가자 시종(侍從) 놈이 수상한 기미를 눈치 채고 뒤를 밟고 있는 것이다.

시종 놈도 이미 객줏집 과부에게 입맛은 들였겠다, 혼자 찾아가서는 스스로 화대(花代)를 치러야 했다. 영산강 뱃길을 오르내리는 보부상들이나 영산강에서 고기잡이 하는 선주들이야 얼마든지 화대를 치를 수 있겠지만, 말고삐나 쥐는 시종 놈 주제에 번번이 지불할 화대가 있을 턱이 없었다. 그러니 객줏집을 몰래 드나드는 것도 한계가 있었다.

더구나 도대체 무슨 일인지 웅장 성주는 성 밖으로 출입을 할 때도 시종 놈을 찾는 일이 부쩍 줄어들었다. 처음에는 그러려니 했던 시종 놈도 웅장 성주가 시종 없이 혼자 성 밖으로 출타하는 경우가 빈번해지자 이상하게 여기기 시작했다.

그래서 오늘은 작심하고 웅장 성주의 뒤를 따라나섰다. 만약 발각이 된다 하더라도 적당한 구실을 붙여 둘러대면 그만일 터였다. 마음씨 좋기로 마한 땅에 소문난 웅장 성주는 오히려 성 밖에서 시종을 만나면 반가워하며 곡차 값이라도 쥐어주실 분이라고 생각했다.

그런 줄도 모르고 웅장은 여느 때와 마찬가지로 말고삐를 추겨 잡고 춘심이의 객줏집으로 향하고 있었다. 웅장 성주의 말이 객줏집에 도착한 것을 확인한 시종 놈은 그 길로 성으로 돌아와 시침을 떼고 제 할 일을 챙겨나갔다. 물론 웅장은 시종의 그런 기미를 알 턱이 없었다.

객줏집의 안채는 오늘도 변함없이 화기(和氣)가 감돌았다.

웅장 성주와 미암성 마님이 만나면 세월 가는 줄 몰랐다. 아기씨도 하루가 다르게 자라며 웅장과 낯을 익혀 갔다. 웅장은 딸아이가 태어난 것이 얼마나 다행한 일인지 모르겠다고 생각한다. 만약 아들이 태어났다면 토호 역창이 며느리를 웅장에게 보내줄 리가 있었겠는가?

그런 점에서 웅장에게는 복덩이 딸이 태어난 게 참으로 다행스러운 일이었다. 물론 지금으로선 유일한 혈육으로 태어난 딸아이가 예쁘기도 했지만, 그 어머니인 미암성 마님과의 운우지락(雲雨之樂)이 더한 즐거움이었다. 그야말로 웅장으로서는 꿩 먹고 알 먹는 즐거움을 한꺼번에 누리는 셈이라고나 할까?

아들이 아니라는 아쉬움은커녕 미암성 마님에게 푹 빠진 웅장으로서는 자녀에 대한 관심이 별로 대수롭게 여겨지지 않을 정도다. 나긋나긋한 미암성 마님과의 잠자리는 아예 이런 생각 따위가 자리 잡을 틈이 없을 정도로 웅장을 흐물흐물 녹여버렸다. 더구나 언제든지 사내아이든 딸아이든 가질 수 있다는 자신감도 한 몫을 한다.

시종 놈이 뒤따른 줄도 모르고 곧바로 객줏집의 안채로 들어간 웅장은 방으로 들어가자마자 한바탕 질펀하게 일부터 치렀다. 안내를 하는 춘심이의 존재나 눈길은 그림자를 대하듯이 거리낌이 없어 오히려 춘심이가 민망하게 여기는 경우가 많을 정도였다.

한 차례 땀을 뺀 웅장과 미암성 마님은 옆에서 칭얼거리던 딸아이를 안고 함께 들여다보고 있었다. 두 사람의 오늘이 있도록 인연을 맺어준 존재였다.

"이 아이가 임자를 무척 닮았구려."

"어디가 그렇게 보입니까? 저는 모르겠어요, 서방님."

"요 눈하고 코도 그렇고… 이마도 그대로 쏙 빼닮았소."

딸아이는 그렇게 예쁠 수가 없었다. 달덩이처럼 하얀 피부하며 쌍꺼풀진 동그란 눈동자하며 방긋 미소 짓는 모습에 찌르르 가슴이 저려온다. 여인의 피부 빛깔을 영락없이 쏙 빼닮

왔다. 그 나이 때는 어디가 누구를 닮았다고 해도 다 그럴 듯하게 들리겠지만, 눈동자는 그야말로 웅장 성주와 미암성 마님 두 사람의 눈동자를 그대로 옮겨 놓은 듯하다.

두 사람이 한참동안 딸아이가 재롱떠는 모습을 지켜보고 있을 때 춘심이가 주안상을 들여왔다. 웅장은 미암성 마님을 방문할 때마다 밥상을 받거나 주안상을 받았다. 물론 상(床)은 춘심이가 준비했다. 춘심이가 상(床)을 툇마루 앞까지 가져와서 기척을 할 때 방으로 들고 들어오도록 하거나 툇마루에 놓고 가도록 하였다.

웅장과 미암성 마님이 주안상을 마주하고 앉았다.

만난 것도 벌써 여러 차례라 이제 익숙해질 법도 한데, 여인은 변함없이 수줍어하며 웅장을 다소곳이 대할 뿐이었다. 그런 점이 사내의 마음을 더욱 끌리게 하는가 보았다. 웅장은 여인의 이런 점이 좋았다. 아마도 성 안의 부인과 극명하게 다른 점일 것이다.

반남성 마님은 도대체가 여자 같지 않았다. 순종은커녕 매사 자기 고집대로였다. 신혼시절에는 이런 점도 매력이거니, 귀여운 태도려니 생각하며 받아들이려 했다. 그런데 세월이 지날수록 반남성 마님의 행태는 더욱 심해졌다. 아마도 아기가 없기 때문에 더욱 신경이 날카로워져서 그럴지도 모르겠다고 이해하려 했다.

그러나 날이 갈수록 점점 심해져서 웅장이 아무리 무골호인(無骨好人)이라고 해도 참아내기 어려울 지경이었다. 그렇다고 어디에다 대고 서운함을 달랠 방법도 딱히 없었다.

워낙 가풍(家風)이 가풍인지라 기방에서 기생 년들을 품고 술추렴을 하며 불편한 심기를 달래는 사람은 아니었다. 할아버지 때부터 대대로 이어온 가문의 학풍이 어려서부터 몸에 밴 웅장은 가무(歌舞)에는 별로 익숙하지 못해 기껏해야 방안에 처박혀 책을 읽는 것으로 마음을 추스르곤 해왔다.

그런 웅장에게 영산강 포구의 객줏집은 하늘이 내린 홍복(洪福)이라고 해도 좋을 성싶었다. 반남성 마님의 잔소리가 귀찮으면 말고삐를 잡고 시찰을 나오면 모든 것이 해결되었다. 성 밖에는 다소곳이 맞이해주는 미암성 마님이 기다리고 있었다.

떠난다고 눈길 한 번 흘기지 않고, 늦게 온다고 투정 한 번 부린 적 없이 언제나 웅장을 편하게 해주는 여인…. 사내로서는 풋내기나 다름없는 웅장이 여인네의 마음속을 알 길이야 있을까만, 겉으로 드러난 행동만큼은 도시 흠잡을 데가 없었다. 이러니 웅장이 객줏집 안채를 빈번하게 드나드는 것은 인지상정(人之常情)이었다.

주안상을 가운데 두고 둘이 마주앉아서도 도시 말문을 열지 않는다. 술잔을 비우면 다소곳이 술만 따를 뿐이다. "으흠… 흠." 하는 헛기침으로 웅장이 말문을 열 기세를 비쳐도 여인은 조용히 고개를 숙이고 있을 뿐이다.

"저~어…."

다정한 눈빛을 보내며 친근한 마음을 전하고 싶다. 그러자면 무언가 말을 해야 한다는 생각에 웅장은 공연히 마음이 바쁘다. 그러나 도무지 할 말이 없다. 함께 생활하는 자리에서 말을 섞어보지 못했기 때문이다. 토호 역창의 집에서는 대를 잇기 위한 씨를 받기 위해 기껏해야 밤중에 들어와서 살을 섞고는 동이 트기가 무섭게 빠져나가던 청상(靑孀)의 며느리였다.

그리고 느닷없이 늙은 종놈이 영산강 포구의 객줏집에 나타나 역창의 집에서 맺었던 인연을 들이대며 떠맡기다시피 했던 여인….

미암성 관할에서 손꼽히는 토호 집안의 며느리로 들어왔을 정도이니 행동거지가 예사롭지 않은 것은 당연지사였다. 웅장도 학풍을 갖춘 집안에서 태어나고 자라서 본 데가 있기 때문에 이렇게 처신하는 여인이 언제나 조심스러웠다.

"어르신은 안녕하시겠지요?"

웅장이 헛기침을 하며 묻는다. 어렵사리 생각해낸 말이었다. 그러고 보니 지난번에도 이렇게 물었던 것 같다. 토호 역창의 안부를 미암성 마님에게 묻는다는 것도 앞뒤가 맞지 않는다.

"예, 아마도…."

여인의 대답도 어정쩡하다. 그것으로 두 사람의 대화는 토막이 났다. 웅장은 몸으로 부대끼는 것보다 말로 하는 것이 더욱 힘겹다고 생각한다. 침묵이 이어지는 가운데 술잔을 비우고 가만히 잔을 내려놓는다.

갑자기 늙은 종놈의 상판대기가 떠올랐다.

납작 엎드리듯 굽실거릴 때는 비굴하기 짝이 없는 종놈의 근성이 표정에 그대로 나타나지만, 이런저런 일을 꾸미면서 상대를 꿰뚫어보듯 하는 냉혹한 표정은 어지간한 강심장도 흠칫 놀랄 정도로 소름이 돋게 하는 얼굴이었다.

그러나 웅장으로서는 고맙기 짝이 없는 은인이다. 그 늙은 종놈의 수완이 아니고서야 언감생심(焉敢生心) 누가 이런 계책을 세울 수 있단 말인가?

"집사는 자주 연락을 하오?"

"예, 서방님. 인편이 있을 때마다 소식을 전하고 안부도 묻습니다. 매번 서방님에 대한 인사도 빠뜨리는 법이 없습니다."

웅장이 늙은 종놈의 표적(標的)이라는 것은 웅장도 진작부터 느끼고 있었다. 표적이 되면 좋은 의미로건 나쁜 의미로건 팽팽한 긴장관계가 형성되게 마련인데, 객줏집에서 처음 대면한 순간부터 돌아가는 날까지 늙은 종놈은 그 과정을 실감나게 보여준 셈이었다.

미암성 마님도 웅장이 표적이라는 것은 알고 있었다. 자신의 역할이 토호 역창 가문의 대를 이어야 하는 며느리에서 팔자를 고쳐 첩살림을 차리는 여인으로 변화하는 과정의 상대역

이 바로 웅장 성주였기 때문이다. 집사가 된 늙은 종놈은 오금을 박듯 이런 이야기도 했다.

"아씨마님, 행여 성주님 심기를 불편하게 하시면 안 됩니다. 웅장 성주님에게 우리 집안과 성주님 가문의 운명이 달려 있습니다. 앞으로 삼한 땅에서 큰일을 이루어내실 분이기도 하고요. 성주님께서 찾아오시면 언제나 마음 편히 쉬어가실 수 있도록 각별히 유념해 주시기 바랍니다. 아기씨와 장차 태어날 아드님을 위해서라도 이 늙은 종놈의 충언을 절대로 가벼이 흘려버리지 마십시오."

사실 늙은 종놈은 이렇게 신신당부를 했다. 늙은 종놈의 당부가 아니더라도 달리 마음에 담아두고 애태울 만한 사람은 없었다.

박복한 청상(靑孀)이 되어 집안의 대를 잇는다는 실낱같은 희망에 기댄 채 낯선 사내의 침실에 제 발로 찾아 들어가지 않았던가. 그때 이미 여인의 운명은 스스로의 손아귀에서 떠났다고 볼 수 있었다.

수태(受胎)하고 있었던 몇 달 동안의 간절한 염원에도 불구하고 딸이 태어났을 때의 절망감을 이기지 못해 스스로 목숨을 던지려고도 하지 않았던가. 그나마 질긴 목숨을 건졌을 때도 딸아이의 아버지를 만나 이런 호사를 누릴 줄은 꿈에도 생각지 못했던 것이다.

"어~허, 그것 참… 그렇게 고마울 수가."

웅장은 다시 한 번 늙은 종놈을 떠올리며 말했다.

　웅장은 토호 역창의 늙은 종놈이 좀 징그럽다고 생각하면서
도 결코 싫다는 느낌이 들지는 않는다. 미암성 관할에서 세 손
가락 안에 드는 세도가(勢道家)에서 집사(執事)를 맡길 정도로
능력도 만만치 않을 뿐 아니라 무엇보다도 토호 역창의 집안
에 대한 충성심이 대단했다. 늙은 종놈의 생각과 말과 행동은
그야말로 역창에 대한 충성심의 발로였다.
　그러나 그 충성심은 처절한 한(恨)을 간직하고 있었다.
　자식들에게 종의 신분을 대물림하지 않기 위해서, 또 주군
을 위해 두 마음이 없기를 바라는 마음으로 혼인을 포기하는
순간부터 늙은 종놈의 인생은 한(恨)과 짝을 이루었다. 자신을
연모(戀慕)하던 삼월이의 자살도 늙은 종놈의 이런 고집 때문
이라고 할 수 있었다.
　삼월이의 저주와 함께 꽁꽁 얼어버린 그녀의 주검을 홀로
수습해야 했던 늙은 종놈의 표정이 저승사자를 방불케 하고
그의 미소가 냉혹함으로 굳어졌다는 사실은 조금도 이상할 것
이 없다. 늙은 종놈은 토호 역창을 거스르는 일이면 무엇이건
숙청(肅淸)의 대상으로 삼을 정도로, 주인 어르신의 존재와 인
생 자체가 자신의 삶이었던 셈이다.
　웅장은 늙은 종놈을 떠올리며 섬뜩한 느낌을 받는다.
　늙은 종놈이 미암성 마님의 객줏집 안채 생활을 돌봐주고

있는 동안에는 어차피 한 배를 탄 처지라고 할 수 있기 때문에 서로 적대시할 까닭은 없었다. 행여나 여인의 신변에 어떤 좋지 않는 일이라도 생기거나 늙은 종놈과의 우호적인 관계가 파탄이라도 난다면 어떻게 될까? 웅장은 머리끝이 쭈뼛 일어서는 것 같았다.

'결코 그런 일은 없어야겠지.'

웅장은 결코 늙은 종놈을 적으로 만들고 싶지 않다는 생각을 했다. 그놈은 자신의 목적을 위해서라면 구천(九泉)의 지옥까지라도 쫓아올 놈이라고 여겨졌기 때문이다.

'어쩌면 이 모든 일이 저 늙은 종놈의 계획은 아닐까?'

웅장이 직접 만나봤던 토호 역창은 교활하게 음모를 꾸밀 사람으로 보이지는 않았는데, 그런 사람 곁에 늙은 종놈과 같은 모사꾼이 있다면 사정은 얼마든지 달라질 수도 있을 터였다. 어쩌면 늙은 종놈이 자신의 주군인 토호 역창을 위해 큰 그림을 그리고 있을지도 모른다는 생각이었다.

'역창의 집안과 웅장 성주의 공동 후계자'란 말을 들었을 때는 무슨 얼토당토않은 말이냐 싶었는데 돌이켜보니 그게 아닐수도 있었다. 토호 역창이 수긍하기만 하면 늙은 종놈이 능히 계획을 세우고 실행할 수 있을 거라는 생각이 들었다. 주인의 뜻이나 목적에 부합한 일이라면 야비하고 냉혹하고 잔인하게 끝을 보고야 말 테니까.

그러면서 웅장이 가장 크게 걱정하는 바는 가령 미암성 마님이 웅장의 아들을 낳을 경우 늙은 종놈이 모자(母子)를 토호역창의 집으로 데려가 버릴지도 모르겠다는 것이었다. 대를 이을 사내아이가 태어날 동안만 미암성 마님을 객줏집 안채에 머무르게 했다가 사내아이가 태어나면 역창의 집으로 데려간다는 계획도 결코 가능성이 없는 일은 아닐 성싶었다. 애당초 웅장이 역창의 집에서 청상의 며느리와 동침한 목적도 대를 잇기 위해서라고 했기 때문이다.

그러나 그때와 지금의 사정은 크게 달라졌다.

그때만 해도 역창의 아들이 죽은 지 얼마 되지 않아서 청상(靑孀)의 며느리가 웅장과 동침하여 낳은 아들이 죽은 아들의 아들, 즉 역창의 손자라고 해도 시비를 걸 사람은 없었다.

그런데 이제는 청상의 며느리가 딸아이와 함께 역창의 집을 떠나 첩살림을 시작했기 때문에 밖에서 아들을 낳아 들어간다고 해도 역창의 손자라고 할 수는 없게 되었다.

더욱이 가장 크게 달라진 사정은 웅장의 마음이었다. 토호역창의 집에서 청상의 며느리와 동침할 때와는 지금은 사정이 달랐다. 객줏집에서 미암성 마님을 만나기 시작한 후로는 피붙이인 딸아이의 어미일 뿐만 아니라 정인(情人)으로서도 각별한 사이가 되었기 때문이다.

웅장은 이제 그 어느 누구도 놓치고 싶지 않았다. 미암성 마님이라고 불리는 여인도, 역창의 집에서 함께 나온 딸아이도, 그리고 태어날지도 모르는 사내아이까지 모두가 웅장 자신을 위해 하늘님이 내려준 복이라 여겨졌다.

웅장은 머리를 가로저었다.

토호 역창이 내보낸 며느리를 다시 데려갈 만큼 그렇게 무모하지는 않을 것이라고 여겨졌다. 아무래도 마음이 편하지는 않았지만, 단지 늙은 종놈의 진저리쳐지는 웃음에 잠시 주눅이 들었을 따름이라고 애써 자위했다.

"임자, 임자도 한 잔 들구려."

웅장이 여인에게 잔을 건네며 얼굴을 똑바로 바라본다. 몇 잔 마신 술기운에 숫기라도 더해진 것일까. 술기운인지 만족감인지 웅장의 표정에 홍조가 떠오른다.

"서방님께서 한 잔 더 하셔요."

웅장은 애써 떠오르는 생각을 지우고 따라주는 술잔을 들이킨다. 술에 취하고 여인의 향기에 취하면서 대를 이을 자손이 태어날지도 모른다는 상상에 공연히 흥겹고 행복하다. 온 세상이 자신을 축복해주는 것 같았다.

그러다가 불쑥 성 안의 부인을 떠올렸다. 반남성 마님. 그녀가 웅장의 마음을 헤아려줄 것 같지는 않았다. 웅장은 기껏 달아올랐던 기분이 싸늘하게 가라앉는 것을 느꼈다. 불쑥 어깃장이라도 놓고 싶다는 심정으로 미암성 마님을 부른다.

"임자, 오늘은 여기서 묵어가려 하오. 올 때마다 나그네처럼 잠시 쉬었다 떠나는 신세라 임자나 아이에게 미안하고 염치가 없구려. 내 오늘은 임자와 하룻밤 오붓한 정을 나누고 싶으니,

침수를 준비해 두시오."

놀란 표정으로 웅장을 마주 바라보는 여인의 얼굴에 기쁨이 역력하다. 미암성 마님이 기어들어가는 목소리로 대답한다.

"예, 서방님… 소첩, 기쁘기 한량없습니다. 언제든지 서방님께서 묵으실 때를 대비하여 준비해 두었습니다. 그러나…."

여인은 말끝을 맺지 못하고 금세 표정이 어두워진다.

"임자, 왜 그러시오?"

미암성 마님은 한참을 머뭇거리다 다시 조용히 입을 열었다.

"…그러나 혹여 서방님께서 소첩을 배려하시는 생각이라면 지금 말씀을 거두어 주시어요. 어차피 소첩은 서방님께 매인 몸, 어느 때고 서방님 뜻에 따르겠습니다. 성중(城中)의 일을 생각하시어 이만 돌아가셔야 해요. 앞으로 오랜 세월을 서방님과 함께 할 터인데 그리 미안해하실 일도 아니고요. 소첩이 서방님 곁에 있는 까닭은 오로지 서방님을 위해서입니다."

처음 객줏집에서 미암성 마님을 만나던 날은 미리 여기저기에다 원행(遠行) 길이라고 일러 두었기 때문에 별다른 문제가 없었다. 서로 소 닭 보듯이 하며 지내는 반남성 마님도 성주의 나들이에 토를 달지는 않았다.

그러나 오늘처럼 아무런 기별도 없이 성 밖에서 하룻밤을 유숙하려고 하는 경우는 웅장이 성주가 되고 나서 처음 있는 일이었다. 더구나 수행하는 시종도 없이 나온 길이라면 성청

(城廳)에서는 말할 것도 없거니와 그보다 반남성 마님의 투기가 불 보듯 뻔한 사실이었다.

웅장은 취기가 돌았다. 지금껏 술을 마셔도 흐트러진 모습을 보인 적은 한 번도 없었다. 언제나 행실과 학풍을 중시하는 부조(父祖)의 가르침에 충실했기 때문이다. 그런데 오늘은 기어이 그런 경계를 허물고 싶었다. 미암성 마님을 만나서 누리는 즐거움의 순간이 더할 나위 없을지라도 뭔가 아쉬운 구석이 남았기 때문이다.

여인의 향기에 취하는 운우지락(雲雨之樂)도, 술상을 마주하고 나누는 어설픈 정담도 일상의 행복으로는 부족함이 없었지만, 나그네 신세로 여겨지는 자신의 처지가 웅장으로서는 더없이 미웠다. 남편으로서 아무 것도 해줄 수 없다는 사실이 미안하여 불쑥 침수(寢睡) 준비를 하라고 일렀던 것이다. 방금 껴안고 뒹굴었던 자리에 이불만 펴면 될 터인데, 굳이 침수를 강조한 것은 허울 좋은 남편으로서의 자격지심 탓이었으리라.

사실이 그랬다. 춘심이의 객줏집을 사들이다시피 하여 안채의 구조를 바꾸고 미암성 마님이 살도록 한 것은 웅장이 아니라 토호 역창의 늙은 종놈이었다. 늙은 종놈이 역창의 집사라면 이 모든 계획이 역창의 재물과 계획에 따라 이루어졌다고 할 수 있었다. 웅장의 자격지심은 그저 아리따운 여인을 품고 즐겼을 뿐이라는 죄책감 비슷한 자괴감일 터였다.

역창의 집에서 토호가 마련해준 침실에 들어가 청상(靑孀)

의 며느리를 기다렸던 것처럼, 이제는 틈틈이 영산강 포구의 객줏집 안채를 찾기만 하면 되는 것이다. 역창의 집에서는 여인이 밤중에 슬그머니 웅장의 처소로 찾아왔으나 지금은 웅장이 찾아오는 것만 달라졌을 뿐이다.

호강에 겨워 요강을 깬다는 말도 있듯이 행복감이 지나쳐 실수를 저지른 것일까. 웅장은 기어이 고집을 부려 취기가 오르자 술상을 미루고 일찌감치 다시 잠자리에 들었다. 미암성 마님의 미모가 그대로 잠이 들도록 내버려두지는 않았지만….

사단
(事端)

웅장은 이른 아침에 서둘러 객줏집을 떠났다. 예감이 좋지 않았다. 늙은 종놈의 얘기가 귓전에 맴돌았다.

"이곳에 오실 때는 시종도 없이 혼자 오셔야 합니다. 모든 비극의 발단은 주위에서부터입니다. 만약 일을 그르치시게 되면 불쌍한 분은 작은 마님입니다. 성주님께서 이런 점을 각별히 유념해 주신다면 이 종놈 안전하게 마님과 아기씨를 이곳으로 모셔다 드리겠습니다."

말 잔등에 앉아 성으로 돌아가는 내내 마음이 일렁거렸다. 불과 몇 개월도 되지 않아 이런 실수를 하다니 발걸음이 천근만근이었다. 하룻밤 사이에 며칠은 지난 것 같았다. 저 만치 시야에 들어오는 반남성 성문이 무척 낯설어 보였다. 심호흡을 하고 궁색한 변명 거리를 머릿속에 골똘히 생각하며 성 안으로 들어섰다.

"어젯밤에는 무슨 급한 일로 성 밖에서 주무시고 이제 들어

오신 게요?”

예상했던 대로 부인인 반남성 마님의 심문이 시작되었다. 그러나 생각했던 것보다 화가 난 것 같지는 않아 보였다.

“아, 그게 좀 그럴 만한 사정이 있었다오.”

“그렇다면 시종을 데리고 나가셔야지요. 혼자 돌아다니시다가 무슨 좋지 않은 일이라도 생기면 어쩌시려고요?”

“그게 잠깐이면 해결될 줄 알았소. 그런데 일이 늦어지고 말았어요. 걱정을 하게 해서 정말 미안하오. 차후에는 꼭 시종과 함께 시찰을 나가도록 하겠소.”

웅장은 대충 얼버무리고 서둘러 부인에 곁을 피했다.

그러나 성주라고는 해도 웅장 같은 숫보기로서는 여자의 직감을 모르는 게 당연했다. 웅장의 부인 반남성 마님은 웅장의 행동거지가 어딘지 석연치 않다고 느꼈다. 딱히 무어라고 꼬집을 수는 없지만, 분명 남편이 무언가 속이고 있다는 느낌이 들었다. 그러면서도 별로 대수롭지 않게 여기며 넘겨버렸다.

내심으로 무척 긴장하고 있던 웅장은 부인이 부드러운 말로 캐묻자 천만다행으로 여겼다. 만약 평소의 강짜대로 꼬치꼬치 캐묻는 상황이 전개되었다면 웅장으로서는 말문이 막혀 버렸을지도 모르는 일이었다.

일단 성주의 외박 사건은 이렇게 조용히 덮어졌다.

그러나 사건은 엉뚱한 곳에서 터지고 말았다.

시종의 여편네가 웅장 성주의 부인인 반남성 마님의 부름을 받고 찾아갔다가 성주의 시종인 자신의 남편이 영산강 포구 객줏집의 작부(酌婦)와 살림을 차렸다고 하소연을 했던 것이다.

실상은 시종이 살림을 차린 게 아니었다. 남편을 사별한 과수댁이 춘심이의 객줏집에서 허드렛일을 하면서 춘심이의 입담에 넘어가 시종 놈과 몇 차례 잠자리를 가졌는데, 시종 놈이 계속 찾아다닌 게 화근이었다.

애당초 과수댁과 시종 놈의 매파(媒婆)는 객줏집 주인인 춘심이인데, 장삿속으로 과수댁에게 사내놈을 붙여주려고 했던 것은 아니었다. 마침 연모하던 웅장 성주와 춘심이가 스쳐 지나가는 인연으로 잠자리를 하게 되었을 때라 한 번이라도 더 만나자면 성주를 수행하는 시종 놈을 구워삶아야 한다는 단순한 생각으로 과수댁을 꼬드겼던 것이다.

"공산댁, 이 남자는 웅장 성주 말고삐를 잡은 성주의 손발이여… 몇 푼 받자고 하는 말이 아니어… 까짓것 뒤꼍에 오줌 한 번 잘못 눈 셈 치면서 눈 딱 감고 치마 한 번 올려버려! 혹여 살다 보면 무슨 일이 생길지 알 수가 없는 세상일에 잘못된 일이라도 벌어지면 공산댁이 힘들지. 이럴 때를 대비해서 연통이나 넣고 살어! 그렇다고 그냥 자자는 말은 아니어, 서 푼이면 공산댁의 열흘 치 삯이랑께."

"그럼 자기만 하는데 서 푼씩 쳐준단 말이어라?"

"그러지. 여기 영산강 뱃길 객줏집이나 주막에서 그 짓 안

하고 허드렛일 하러 다닌 년이 있간디, 어떤 년은 그 짓 하고 싶어 허드렛일 하러 댕긴 년도 있당께! 재미도 보고 엽전도 챙기고 그러니 혼자서 괜히 손해 보는 장사 하지 말고… 알아 들었제? 이곳에 객줏집 차린 기생퇴물 년들도 왜 기둥서방 꿰차고 있겠어? 뒤를 봐 주라고 하는 거여. 삼한 잡놈들이 다 모인 이 영산강 뱃길에서 살아남자면 별수 있간디… 어떤 년들은 그런 기둥서방 투전 밑천 대 줄라고 기둥서방 모르게 뜨내기 장사치들이나 뱃놈들에게 치마를 치켜올린다니께! 그러니 눈 딱 감고 자아~ 서 푼, 이 돈 쥐고 얼른 저 뒷방으로 들어가 봐. 다음에 일이 생기면 어련히 도와주려고….”

그렇게 시작된 일이었다.

이렇게 맺은 인연이 고자 처갓집 드나들 듯 한다고 시종 놈이 과수댁 치마 들치는 맛에 뻔질나게 춘심이 객줏집을 드나들기도 하였다.

그러던 것이 오랜만에 객줏집으로 찾아온 웅장 성주를 늙은 종놈이 만나던 날부터 일이 틀어지기 시작했다.

늙은 종놈이 웅장 성주에게 무슨 말을 어떻게 했는지 두 사람이 만나던 첫날부터 성주는 막걸리 한 잔도 들이키지 않은 채 휑하니 성으로 들어가 버렸고, 가끔씩 객줏집으로 나오더라도 늙은 종놈만 만나고 춘심이에게는 알은 체도 하지 않고 성으로 들어가 버렸다.

웅장 성주와 늙은 종놈이 만나서 이야기하는 동안에 얼씨구나 신바람이 난 것은 시종 놈이었다. 후딱 과수댁을 후려내 정분을 통하고는 노닥거리다가 웅장 성주가 성으로 들어가면 아무 일도 없었던 듯이 줄레줄레 뒤를 따랐다.

웅장 성주가 영산강 포구의 객줏집으로 나와서 몇 차례 만나는 사이에 늙은 종놈은 객줏집 근처에 집을 마련하여 춘심이의 부모가 살게 하고, 객줏집의 안채도 대문에서부터 완벽하게 구조를 개조하였다. 어느새 객줏집 주인마님이던 춘심이를 대하는 말투도 바뀌어 있었다.

"이곳에서 허드렛일을 하던 여자들은 모두 내치기 바라네. 물론 여기 이 엽전 꾸러미로 서운하게 생각지 않도록 잘 달래고 다른 객줏집이나 주막에 소개해주도록 하게! 집을 수리하기 때문에 당분간 장사를 할 수가 없어서 내보낸다고 하면 되겠지. 그리고 안채가 수리되는 대로 모두 다 새로운 사람으로 들이게. 웅장 성주님과 자네의 관계는 물론 시종 놈의 일도 전혀 모르는 여자들로 채우고, 특히 입이 싼 년들은 절대 금물이네"

그렇게 내친 공산댁이 시종 놈과 공산댁의 안방까지 들락거리며 밤낮없이 노닥거리는 바람에 성주의 시종 놈이 기둥서방 노릇을 한다는 소문이 반남성 안팎으로 쫙 퍼져나갔고, 마침내 그놈 여편네의 귀에까지 들어간 모양이었다. 마침 성 밖의 소식도 들을 겸 여염이나 아랫것들의 아낙을 이따금 불러들이는 반남성 마님이 시종의 여편네를 들어오라고 하자 때를 만난 듯이 고자질을 하게 되었던 것이다.

도시 예기치 못한 데서 엉뚱한 사단(事端)이 나기 일쑤이듯이, 성주를 수행하는 시종 놈이 과수댁과 바람을 피운다는 여편네의 말에 투기(妬忌)라면 삼한 제일이라는 반남성 마님의 의심암귀(疑心暗鬼)가 작동하지 않을 까닭이 없었다.

더욱이 그 무렵에는 이미 미암성 마님이 영산강 포구의 객줏집으로 온 다음이라 웅장 성주도 성 밖 출입을 할 때는 일부러 시종(侍從) 놈을 떼놓고 다니기 시작할 당시였다. 그러니 시종 놈은 더욱 얼씨구나 하고 과수댁과 어울렸을 터였다.

더욱이 슬하에 자식이 없어서 남정네들의 첩살림에 더욱 신경질적으로 반응하는 반남성 마님으로서는 바람을 피우는 시종 놈이 무척 괘씸하게 여겨질 법도 했다. 그런데 갑자기 웅장 성주가 외박했던 기억이 떠올라 여자의 직감으로 뭔가 미심쩍은 낌새를 챘던 것이다.

반남성 마님은 수행하는 시종 놈이 첩살림을 차렸거나 곁눈질을 했다면 데리고 다니는 상전이 모를 리가 없다고 생각했다. 거기까지 상상을 하다 보니 웅장 성주의 행실도 의심스러워지고 시종 놈과 공모라도 하는 게 아닐까 하는 생각마저 들었다.

"서방님께서는 시종이 첩살림을 차린 것을 어떻게 생각하십니까?"

"시종 놈이 첩살림을 차려요?"

웅장은 부인의 말에 대꾸를 하면서도 종잡을 수가 없었다. 한 번 떠보자는 말인지, 실제로 첩살림을 차렸다는 말인지 그 마저도 헤아리기 어려웠다.

"남정네들의 첩살림이야 흔한 일이니 굳이 탓할 생각은 없습니다만, 그래도 계속 성주님의 시종으로 곁에 두기에는 불편하겠지요. 아녀자들의 입방아에 놀아나는 것도 그렇고, 성 안팎의 여인네들이 저마다 한 마디씩 잔소리를 해대니 다른 시종으로 바꾸시는 게 좋겠어요."

"아니 언제 첩살림을 차렸단 말이오?"

웅장은 혼비백산하며 속이 뜨끔했다. 시종이 첩살림을 차렸다는 말이 성주가 첩살림을 차렸다는 말로 들릴 정도로 당황한 기색이 역력했다.

'이런~ 춘심이 객줏집에서 살림을 차린 것이 벌써 알려졌단 말인가?'

자신의 일을 시종의 첩살림으로 오해하고 있는 건가 하는 생각도 들었다.

"아니 모르고 계셨습니까?"

"글쎄… 나로선 금시초문인데…."

"춘심이라는 기생 년이 영산강 포구 옆에 차린 객줏집에서 허드렛일을 도와주는 과수댁과 눈이 맞아서 아예 허드렛일을 그만두고 둘이서 살림을 차렸다고 합디다. 도대체 서방님은 바늘과 실처럼 붙어 다니는 시종이 첩살림을 차린 것도 여적 모르고 계셨단 말이에요?"

"난들 어떻게 시시콜콜한 시종의 첩살림까지 알아야 할 필요가 있단 말이오? 출행(出行)하여 반남성 만민(萬民)의 잡다한 사연들을 들어주기에도 시간이 턱없이 짧아요."

웅장은 일단 시침을 떼며 안도의 숨을 내쉬었다.

첩살림이란 말에 가슴이 철렁하면서 반남성 마님의 투기가 도지나 했는데, 그나마 시종 놈이 첩살림 차린 이야기로 막을 내릴 듯하였다. 반남성 마님도 웅장의 답변에 더 이상 트집을 잡거나 대거리를 하지는 않는다.

말인즉 성주가 시종 놈의 계집질까지 꿰차고 있어야 할 만큼 한가한 자리가 아닐 뿐더러 그런 것까지 모르고 있다는 이유로 생떼를 부리기엔 투기(妬忌)의 도가 지나치다고 여겼는지 반남성 마님이 스스로 말문을 닫은 덕분이었다.

'그런데 이놈은 언제 또 과수댁과 살림을 차렸단 말인가?'

웅장은 요즈음 객줏집으로 출입할 때는 일부러 시종을 떼어놓고 다니기 위해 신경을 써긴 하지만, 하여간 놈의 작부(酌婦) 후리고 계집질하는 수완에 기가 찼다.

시종의 첩살림 사건은 이렇게 일단락되어 가는 듯했다.

그렇게 수일이 지났고, 웅장도 성 밖으로 나가는 것을 삼가고 있었다. 그러던 차에 우연히 마주친 시종의 상판대기에 울화가 치민 반남성 마님이 기어코 힐문을 터트렸다.

"성주님 모시고 다니는 척하면서 첩살림이나 차리고 그래 가지고야 성주님 수행하는 일인들 제대로 할 수 있겠소?"

"실은 그게 말입니다."

시종은 변명하려다 입을 닫았다. 잘못하다가는 반남성 안팎을 발칵 뒤집을 큰 사단이 벌어질 게 틀림없었기 때문이다.

"실은 어떻단 말인가?"

"아니 아무 것도 아닙니다. 죄송합니다. 다음부터 처신에 각별히 유념해서 성주님 명예를 손상시키는 일이 없도록 조심하겠습니다."

"당연한 일이지, 시종은 성주의 그림자니까."

"예 분부 말씀 명심하겠습니다. 그럼 저는 이만 가보겠습니다."

시종은 꼬리를 내리고 서둘러 반남성 마님의 곁을 도망치듯 물러나왔다. 그 모습을 보고 투기(妬忌) 만큼이나 눈치도 보통이 넘는 반남성 마님은 고개를 갸웃했다. 분명 시종이 뭔가 숨기고 있다는 생각이 들었기 때문이다. 그러지 않고서야 변명을 하려고 들 까닭이 없었다. 뭔가 께름칙한 느낌이 들어 시녀(侍女)를 불렀다.

"복례야, 복례야!"

"예, 마님 부르셨습니까?"

"복례 네 오라비가 영산강에서 무슨 일을 한다고 했더냐?"

"예, 마님. 고기잡이배도 따라가고 남의 농사일도 거들면서… 궂은 일 편한 일 가리지 않고 닥치는 대로 해주면서 생계를 꾸리고 있습니다요."

"그러면 너는 이 길로 당장 집에 댕겨 오도록 해라. 물론 이 일은 너와 나만의 비밀이라는 점을 명심해야 한다."

"알겠구먼요, 그런데 시키실 일은 뭐지요?"

"그게… 실은 이리 바짝 다가오너라."

반남성 마님이 복례를 가까이 불러 귓속말을 하듯 이른다.

"영산강 포구에 가면 춘심이라는 퇴물기생이 하는 객줏집이 있다고 한다. 그러니 네 오라비에게 거기 가서 성주님이 자주 들르시는지 그것만 알아보라고 해라. 물론 누구에게도 이 사실이 알려지면 안 된다. 쥐도 새도 모르게 은밀히 알아보도록 하고, 이 엽전은 수고비며 주막에서 치를 곡차 값이니 오라비에게 전하도록 해라. 알아들었지?"

"예… 잘 알았구먼요, 마님. 그란데 무슨 일이라도 생기면 성주님께 저는 경을 칠 텐데요?"

"이것아, 내가 일부러 네가 했다고 고해바치기라도 한다던? 우리 둘만 알고 있으면 되니까 아무 염려 말고 얼른 댕겨 오도록 해라!"

"예, 마님. 그럼 지는 마님만 믿고 따르겠습니다."

복례가 나가고 반남성 마님은 머리를 가로저었다. 괜한 짓을 시킨 게 아닐까 싶기도 했다. 결코 지아비는 그러실 분이 아니라는 생각과 더불어 그동안 자신의 짐작만으로 너무나 지아비를 윽박지르고 무시했던 기억들이 떠올랐다.

　복례는 성 밖으로 나서서 곧장 영산강 포구 옆의 허름한 초가집에 당도했다. 마침 오라버니는 집에서 쉬고 있었다. 노모도, 올케도, 조카들도 복례를 반갑게 맞이해 주었다. 그래도 성주 마님의 여러 시녀들 가운데 한 명이기 때문에 오라버니의 그늘은 되어주고 있었다.

　다만 한 가지 서로 뜻이 엇갈렸던 일은 있었다. 오라버니를 마님에게 부탁해서 성주의 사병으로 천거했는데 오라버니가 극구 사양하여 무산되고 말았던 것이다.

　"송충이는 솔잎을 먹어야 한당께. 그리고 나는 이렇게 어머니 모시고 사는 게 좋아, 얽매여 사는 그런 일은 싫구먼. 고기잡이 나가고 대장간에서 쇠나 두드려주고, 남의 집 장작 패주고 그렁저렁 사는 거지. 얽매여 사는 것은 사는 게 아니여!"

　오라버니는 복례의 간청에 이렇게 손사래를 쳤다. 그러니 사병으로 천거하는 일은 끝내 포기할 수밖에 없었다.

　"어쩐 일이당가? 갑자기 찾아오고 무슨 일 생긴 것 아니여?"

　"그럴 사정이 생겼당께,"

　"무슨 사정?"

　"마님 심부름으로 급하게 오라버니를 찾아 왔지."

　"나를?"

"예, 오라버니에게 부탁할 게 있구먼요."

"마님 심부름으로 내게 부탁할 게 있어야?"

"예, 혹시 영산강 포구에 있는 춘심이 객줏집이란 델 아세요? 얘기로는 기생 질을 했다고 하던데…."

"웅, 알다마다. 늙어빠진 퇴기들이 객줏집을 차린 거와 달리 한창 피둥피둥할 때 객줏집을 열어서 영산강 포구의 내로라하는 남정네들 중에 입맛 다시지 않은 놈이 없었지. 더군다나 기둥서방 두고 장사하는 객줏집들과 달리 춘심이는 오라비 부부와 함께 장사를 하니 이놈저놈 넘보는 놈들이 많았지."

"그래서… 그러면 어떤 남정네와 눈이라도 맞았어요?"

"웬걸, 그년이 보통 지조 있는 년이 아니라 번번이 헛물들만 들이키고 말았지! 그란디 어째서 갑자기 춘심이 소식은 물어보고 난리여? 춘심이년 귀가 간질간질하것다."

"오라버니 잘 들어. 이 일은 마님이 은밀히 나에게 알아보라고 한 일이니까, 오라버니가 정신 바짝 차리고 알아봐주어야 한당께. 잘못하면 내가 마님께 경을 당할 거여. 그러니 잘 듣고 알아보소잉."

"뭣이 그렇게 복잡하다냐? 싸게 싸게 말해 부러라, 갑갑하고 복창 터져서 죽겠다."

"그러니께…."

"그러니께?"

복례는 치마폭에서 엽전 꾸러미부터 꺼내놓았다.

"아이고, 이건 또 무슨 엽전이다냐? 왓따 많기도 하다."

"이것은 그러니까 마님이 주시는 오라버니 품삯!"

"와따 무슨 품삯이 그리도 많다냐? 더구나 일도 하지 않고…. 도대체 무슨 일을 시킬라고 이렇게 품삯을 듬뿍 쳐준단 말이냐?"

"오라버니는 내 말을 잘 들으시오. …춘심이 객줏집에 들러서 혹시 성주님이 그곳에 오시는지 알아봐 달라는 마님 분부이셔."

"뭐라고? 나더러 성주님 뒤를 캐고 다니라 그 말이여? 야 복례야, 너 나죽은 꼴 볼라고 그러는 기여! 어떻게 내가 하늘같은 성주님 뒤를 캐고 다닌다냐?"

"그게 아니고… 넌지시 성주님이 객줏집에 오시는가만 알아봐 달라는 거여!"

"그게 그것 아니냐? 나는 못 한다. 만약 성주님에게 들키기라도 하면? 그렇게 되는 날이면 내 목숨은 이미 산목숨이 아녀, 송장이여 송장… 알아 듣것냐?"

"와따 덩치는 소만해 갖고 겁은 되게 많네! 누가 오라버니 죽게 놔둘까? 우리 마님이 누구여. 반남성 제일의 토호 씨족 아니어, 영산강 뱃길을 막아버리면 그만이여, 마님의 아버지 아니면 성주님이 성주 노릇이나 할 수 있간디? 다 마님 친정아버지가 만들어준 자리여. 오라버니도 잘 알고 있으면서…."

"그것은 나도 잘 알제, 그러나 만약 일이 잘못되기라도 한다면 우리 같은 서민들만 불쌍하게 되지. 일이 커져서 마님이 슬그머니 외면해 버리면 우리 신세만 닭 쫓던 개 지붕 쳐다보는 꼴이 된다고….”

“염려 말더라고. 나도 그래서 마님께 다짐을 받아 두었당께.”

“정말 뒤탈은 걱정 안 해도 된다 그 말이제?”

“그렇당께. 마님은 한 번 한다고 하면 틀림없이 약속은 지키는 분이셔.”

복례 오라비는 방바닥에 내던져진 엽전 꾸러미에 시선을 보내며 복례에게 다짐을 받았다.

“맞아. 성 밖에서도 마님의 괄괄한 성질은 모르는 사람이 없제. 그리고 그런 사람이 한 번 내뱉은 말은 철석같이 지키지.”

복례 오라비는 이미 거금의 엽전 꾸러미에 눈이 멀어버렸다. 쉽사리 구경하기도 힘든 엽전이 손에 들어오는데 왜 안 그럴까? 어떻게 넙죽 던지는 먹이를 덥석 물기가 쑥스러워 이런저런 잔소리로 자신의 마음을 감추려 한 것이다.

“그러니께… 아무 말도 하지 말고 시키는 대로 춘심이 객줏집에 들러 술추렴이나 하면서 넌지시 물어봐. 무슨 꼬투리라도 잡을라치면 마님께서 이보다 더 많은 엽전 꾸러미를 내리실 테니… 알아들었제!”

“알았어. 열심히 한 번 해볼 텐게, 안심하고 돌아가. 바쁠 텐데, 마님께는 말씀 잘 드리도록 하고….”

"그래, 나는 오라버니만 믿고 갈 텐께."

"그래, 잘 가."

복례는 총총히 성안으로 되돌아갔다.

복례 오라비는 거금을 보자 마음이 동했다. 까짓것 복례 말처럼 알아봐서 있는 그대로 알려만 주면 되는 일이었다. 아직 그런 의심이 있다는 보증도 없다. 괜히 넘겨짚어서 미리 오금을 저리면서 한 밑천 던져진 엽전 뭉치를 외면할 필요가 없을 것 같았다.

복례 오라비는 장롱 깊숙이 엽전 뭉치를 감추고 서푼을 들고 집을 나섰다. 쇠뿔은 단김에 빼랬다고, 목구멍도 걸걸한데 이왕이면 님도 보고 뽕도 따기 위해 객줏집에서 목이나 축이면서 넌지시 물어보기로 했다.

우선 허드렛일 하는 계집년들에게 지나가는 말처럼 떠보기로 했다. 술값은 넉넉했다. 아니다 싶으면 매일 들러서 눈으로 확인하면 그만이다. 오라비는 복례 때문에 웅장을 먼발치에서 본 적도 있었다.

거금을 손에 쥐니 발걸음도 힘이 넘쳤다. 맨날 번다고 해도 품삯으로 먹고 사는 처지가 크게 나아질 리가 없다. 그나마 복례가 반남성 마님의 시녀 노릇이라도 하고 있으니 주위에서 하대하지 않는 것만 해도 다행이려니 하며 그동안 복례 오라비는 욕심 없이 살아왔다. 그런 그를 이웃에서는 무던한 사람으로 여겨 대소사가 있으면 제일 먼저 찾아서 일을 주었다. 그래서 항상 남보다 곱절은 품삯을 벌어들일 수 있었다.

"여기 술 한 상 차려주소."

이윽고 주막에 도착한 복례 오라비는 평상에 척 걸쳐 앉으며 고함을 지르다시피 했다. 별로 객줏집이나 주막을 찾은 적이 없던 그였다. 고기잡이 따라갔다가 만선(滿船)이라도 할라치면 따로 몫을 받아들고 주막에서 푸짐한 술상까지 보아준다. 그럴 때 어부들을 따라간 적은 있었지만 제 돈 주고 주막이나 객줏집을 들락거릴 만큼 넉넉하지 못했다. 술이 마시고 싶으면 난장에서 대포 한 잔에 짠지 조각이면 족했다.

술집은 기생집이 맨 윗길이다. 그래도 계집년 분칠 냄새라도 맡을 수 있는 객줏집이 두 번째이며, 한 바가지씩 잔술을 파는 난장에서 서서 목을 축이는 것이 세 번째다.

기생집은 푸짐한 산해진미(山海珍味)를 차려 놓고 기생을 품에 낀 채 가무를 즐기며 신선놀음에 도끼자루 썩는 줄 모르는 술집이다. 객줏집은 오가는 행인이나 보부상들에게 잠자리 겸 끼니를 제공하면서 안주와 술을 판다. 그런데 이곳에서도 당연히 수발을 들어주는 계집들이 있게 마련이고, 수작을 걸어오는 남정네들이 있게 마련이다. 이를 퇴물기생 출신이 대부분인 객줏집 주인들이 그대로 둘 리가 없다.

수작을 거는 남정네들을 은근히 후려서 외딴방으로 밀어 넣고 수발드는 계집들을 꼬드겨 술상을 들려 들여보내서 얼른 치마를 들치게 하고 빈 술상을 들고 나오는 것처럼 눈속임을 한다. 이때 수발드는 계집으로는 과수댁이 제격이다. 객지를 떠도는 보부상이나 행인들로서는 저렴한 셈으로 성욕을 해결할 수 있고, 과수댁들은 은밀히 남정네에 대한 그리움과 욕정을 해결하며 적잖은 뒷돈까지 챙기는 데 재미가 들려 영산강 포구는 일찍이 객줏집이 성행했다.

난장에 앉을 자리도 없이 바가지 술을 파는 주막은 목이 타는 서민들에게 어울린다. 안주라야 짠지 조각이 고작이지만 고달픈 인생의 길손으로 하루하루를 살아가는 서민들에겐 안식처 역할을 해주는 곳이다.

한낮의 정사

복례 오라비는 얼큰하게 취해서 집으로 돌아왔다.

춘심이 객줏집에서 허드렛일을 보는 년들은 도무지 모른다
는 대답뿐이었다. 그리고 그네들은 정말 아무 것도 모르는 듯
이 보였다. 닷새 치 품삯은 됨직한 엽전이 거덜 났지만, 장롱
속에 몰래 감춰둔 엽전은 아직도 넉넉했다.

방으로 들어서는 남편에게 복례 올케는 잔소리부터 해댄다.

"워~따, 엽전 좀 생기니 바로 취해서 들어오는구먼. 아이쿠,
술 냄새 코창 터지겠구먼!"

"모처럼 한 잔 한 걸 가지고 잔소리는 되게 해대네. 이것도
다 품삯 받고 하는 일이여!"

"아이고 이제 품삯 받고 하는 일이라고 주야장천(晝夜長川)
술타령이겠구먼."

"품삯 받고 술 한 잔 했더니 잔소리 되게 해 쌌네. 여편네 잔
소리 듣기 싫어서 작은방으로 가부러야 쓰겠네."

"오메 생각 잘했소., 듣던 중 반가운 말인께 얼른 건너가시오. 누가 가면 무섭다고 합디까? 나도 오늘저녁은 팬하게 잠 한 번 자봅시다."

문을 쾅 닫고 작은방으로 들어간 복례 오라비는 아무 소득도 없이 엽전만 없앤 것이 못내 서운했다. 이래 가지고는 복례에게 체면이 서지 않게 생겼다는 데 생각이 미쳤다.

'마님이 두둑한 삯까지 주면서 심부름을 시킬 때는 무언가 집히는 것이 있어서 그랬을 터인데… 오늘은 귀한 엽전만 날렸네.'

이런 생각, 저런 생각으로 엎치락뒤치락하다가 잠이 들었다.

모처럼 진탕 마신 탓에 머리가 찌근찌근 아파서 아침에 일어난 복례 오라비는 몹시 고민스러웠다. 이러다간 여편네 잔소리처럼 주야장창(*주야장천의 마한 지역 사투리) 술이나 퍼마시게 생겼으니 뭔가 방책을 세워도 단단히 세워야 할 판이었다.

대충 오전에 이것저것 집안일을 챙겨두고 집을 나섰다. 집안일까지 소홀히 했다간 여편네에게 들볶여서 하룬들 편히 발 뻗고 잠들 수 없을 것이다.

다시 춘심이 객줏집에 도착한 복례 오라비는 술을 마시면서 허드렛일 하는 사람 중에 가장 나이가 많아 보이는 아낙을 손짓하여 불렀다. 그리고 서 푼을 손에 가만히 쥐어주었다. 나이든 아낙은 놀란 눈으로 "내는 그 짓은 못 혀!" 하고 뒷걸음질을 친다.

처음에는 그 말뜻을 못 알아들었던 복례 오라비는 한참 후에야 무슨 말인지 알아채고 웃음을 지으며 "그런 뜻이 아녀." 라고 말한 다음, 설명을 덧붙였다.

"여기 오는 손님 중에 단골로 다니는 사람 좀 알아봐주면 돼. 누가 아는 사람을 찾아 달라니 그란당께. 만약 그 사람을 찾기만 한다면 아짐도 한밑천 받을 수 있당께. 난들 미쳤다고 이라고 댕기겠어? 뭔가 생기는 게 있으니께 그라제."

"뭐 하는 사람인디 그란당가?"

"그것은 나도 잘 모른당께. 피붙이들인지 누군지 낸들 안당가? 품삯 값을 톡톡히 쳐 주니께 이라고 댕기제!"

"그라믄 단골로 오는 손님만 알아봐주면 된단 말이제? 두말하기 없기여. 나는 그 짓은 못 허니께 뒤에 딴소리 하지 말더라고!"

나이 든 아낙은 눈웃음을 치며 치마를 들치고 얼른 고쟁이 속에다 엽전을 감추어 넣었다. 중년 아낙이 치마를 들칠 때 넓적다리 허연 속살이 복례 오라비 눈에 들어왔다. 그러자 불쑥 저 아낙도 이곳에 오가는 숱한 남정네들과 그 짓을 했으리라 짐작되었다. 말로는 "나는 그 짓은 못 혀!"라고 했지만 어디 그 말을 그대로 믿을 사람이 있겠는가?

배시시 눈웃음을 치는 아낙을 보며 일부러 치마를 활짝 들치며 고쟁이 속에 엽전을 넣을 때 비치던 허연 넓적다리를 보며 불현듯 복례 오라비는 그런 생각을 하게 되었다.

춘심이 객줏집을 나서는 복례 오라비는 모처럼 기분이 좋았다.

이제는 한시름 놓아도 될 것 같았다. 주막에서 닳고 닳은 나이든 아낙의 수완으로는 식운 죽 먹기일 것이다. 그러고 보니 중년 아낙이 부끄러운 듯 수줍어하며 "내는 그 짓은 못 혀!" 하는 표정이 무척 귀엽다고 느껴졌다. 그리고 "내는 그 짓은 못 혀!" 하는 말이 "내도 아직은 할 수 있어."라고 들리는 것 같았다.

그러자 갑자기 복례 오라비의 아랫도리가 불끈 솟아올랐다.

"이런 젠장~ 주책도 없이….."

복례 오라비는 어이가 없었다. 그 아낙의 허연 넓적다리 속살과 배시시 눈웃음치며 미소 짓는 표정에서 불끈 성욕이 솟아오른 것이다. 슬쩍 주위를 살피며 아랫도리를 단속했다. 오가는 행인들은 별로 없었다. 복례 오라비는 걸음을 재촉하며 집으로 향했다.

"개똥이 어~멈, 개똥이 어~멈!"

다급하게 여편네를 불러도 인기척이 없다. 복례 오라비의 얼굴에 낭패한 표정이 역력히 드러났다.

"우라질 년, 소똥도 약에 쓰려니 없다고 어디 간기여?"

중얼거리던 복례 오라비는 주춤거리며 들어온 마당을 돌아

나가려다. 불현듯 무엇이 생각난 듯 마당 뒤꼍으로 돌아갔다. 거기에 개똥이 어멈이라 불리어지는 마누라가 뒤로 돌아앉아서 텃밭 일을 하고 있었다. 복례 오라비의 눈에 확 들어오는 것은 개똥이 어멈의 뒤로 돌아앉아 있는 펑퍼짐한 궁둥이였다. 입맛을 다시던 복례 오라비가 다급히 다가가서 개똥이 어멈의 손목을 잡아끌었다.

"갑자기 뭔 짓이랑가?"

"할 말이 있어."

"나는 할 말이 없당께."

개똥이 어멈은 어제 저녁 일로 아직 화가 풀리지 않는 듯 시큰둥했다.

"나 아직 할 일이 많당께. 할 일 없는 팬한 당신이나 가서 일 보더라고."

"그것이 아니랑께. 어젯밤에는 내가 잘못했당께. 그래서 이렇게 사과를 하러 왔응께 속 넓은 당신이 용서해 주더라고."

"이 양반이 못 묵을 것을 퍼 묵었나, 왜 안 하던 짓을 하고 난리여, 난리는?"

"그것이 아니랑께. 이제는 술 먹을 일도 없당께. 그랑께 복례가 준 엽전도 당신에게 맡길 텐께 당신이 알아서 하란께."

그제서야 개똥이 어멈은 숙였던 고개를 쳐들고 복례 오라비를 쳐다봤다. 그러나 표정은 아직도 미심쩍은 눈치였다. 그 순간을 놓칠 새라 복례 오라비는 잡고 있던 개똥이 어멈의 손을 더욱 세차게 끌어당기며 말했다.

"일단 방에 들어가서 내 설명을 들어 보랑께. 그러고도 믿기지 않으면 믿지 말더라고. 그것은 당신 자유닝께. 나도 더 이상 말리지는 않을 테여."

복례 오라비의 애원에 가까운 설득에 개똥이 어멈은 그제서야 마지못하고 주섬주섬 자리에서 일어나며 머리에 뒤집어썼던 수건을 벗어 치마를 털었다. 복례 오라비는 일어서는 개똥이 어멈의 목에서부터 아랫도리까지 음흉한 미소로 훑어 내리며 입맛을 다셨다.

그제서야 개똥이 어멈도 복례 오라비의 다음 행동을 눈치챈 듯 머리에서 벗은 천을 복례 오라비의 얼굴에 터는 시늉을 하며 말했다.

"벌건 대낮에 이 양반이 미쳤당가. 오래 살다보니 별꼴 다 보겠네."

그러나 결코 싫은 내색은 아니었다.

그도 그럴 것이 젊었을 때는 문고리가 닳아빠질 새라 뻔질나게 찾았던 서방이 한두 번 보름 일을 치르더니 언제부터인가는 그조차 시큰둥해져 버렸으니 서방이라는 작자가 있으나 마나 했다. 그래도 개똥어멈은 몸집이 좋아서 풍만한 허연 속살이 뭇 남정네들의 눈길을 끌만 했다.

손목을 잡혀서 방으로 끌려 들어온 개똥이 어멈은 아무리 닳고 닳도록 부대끼고 만지고 함께 살아온 부부 사이지만 매번 그 짓을 할 때마다 쑥스럽고 어색하기는 마찬가지였다. 더군다나 이제는 거의 잊어질 만하면 한 번씩 건드려주는 남편을 포기하며 살아가고 있었다.

처음에는 죽자 살자 달라붙어 있던 작자가 행여나 하고 잔뜩 기대를 하고 있으면 우라지게 퍼마시고 와서 천정이 들썩거리게 드르렁 드르렁 코나 곯아 제끼며 잠을 잘 때면 서운하기가 말할 것도 없었다. 그런 경우가 한두 번이 아니고 매번 그러니 이제는 기대도 하지 않고 원망이 잔소리가 되어 버린 것이다. 그러니 악처를 만드는 것은 복례 오라비였다. 남자가 남자 구실을 못 하면 여자에게 큰소리를 쳐봐야 수캐 방귀 뀐 소리로도 여기지 않는다. 이러니 개똥이 어멈으로서는 잔소리가 늘 수밖에 없었다.

복례 오라비는 손목을 잡고 방으로 끌어들인 개똥이 어멈을 방바닥에 주저앉혔다. 아니 주저앉힌 것이 아니라 개똥이 어멈이 일부러 주저앉아준 것이다. 그리고 와락 눕혀버린다. 이번에도 마찬가지다. 개똥이 어멈은 쓰러져준 것이다. 그리고 남정네에게 몸을 맡기며 앙탈하듯 중얼거린다.

"이 양반이 정말 일을 치르려고 난리네. 벌건 대낮에 쑥스럽게…."

복례 오라비는 몸이 달아 가쁜 숨을 몰아쉬며 개똥이 어멈을 깔아뭉갠다.

"가만 있으랑께. 이따 엽전도 당신에게 맡기고 술도 먹을 일이 없당께."

"무슨 일이 좋게 됐당가?"

"그랑께 당신에게 이렇게 달려 왔당께 당신에게 알려 줄라고."

"그라면 앉아서 말하면 될 건데 이렇게 훤한 대낮에 사람을 자빨세 놓고 창피스럽게 머 한당가."

"창피하긴 뭐가 챙피하당가. 남들은 이 짓 안 하고 산당가, 그라고 우리가 이 짓 한두 번 했간디."

"그래도 그라제, 훤한 대낮에 부끄럽게…."

그라면서 슬그머니 몸을 빼내 일어나더니 이불을 가져다 펼치고 이불 속으로 들어가서 속 고쟁이를 벗어 이불 밖으로 내놓은 다음 저고리마저 벗어 내놓는다. 한쪽에서 이런 개똥어멈의 행동을 비스듬히 누워 지켜보고 있던 복례 오라비는 그때야 자기도 웃옷을 팽개치고 바지를 벗으며 이불 속으로 들어갔다.

"아이고 이 양반이 진짜 일을 치를 작정이구먼. 쑥스럽게 벌건 대낮에…."

그러면서도 복례 오라비의 손놀림이 불편하지 않도록 몸을 뒤척거려 주었다. 복례 오라비는 오라비대로 아까 보았던 중년 아낙의 허연 넓적다리를 눈에 선하게 떠올리고 있었다. 그리고 "나는 그 짓은 못 혀!" 하던 소리가 귀에 쟁쟁하며 성욕을 더욱 자극했다.

복례 오라비는 개똥이 어멈의 젖가슴에 얼굴을 처박고 헐떡거리며 젖무덤을 세차게 빨아댔다. 개똥이 어멈은 몇 년 만에 이런 개똥이 아범의 행동에 온몸이 후끈 달아올랐다. 벌써 음부는 질펀하게 젖어 있었다. 그리고 가느다란 신음이 흘러나왔다.

"으~으~음…."

개똥이 어멈의 입술은 스르르 벌려져 있고 눈은 초점을 잃은 채 허공을 떠돌고 있었다. 그러면서도 젖가슴에 얼굴을 바짝 들이밀고 있는 복례 오라비의 머리를 자신의 젖가슴으로 바짝 끌어당겨 안았다. 드디어 복례 오라비의 오른손이 개똥이 어멈의 음부로 이동하여 음부를 쓰다듬자 개똥이 어멈의 자지러지는 신음 소리가 온 방안을 질펀하게 적셨다. 그 목소리는 곧 숨이 넘어갈 듯 목구멍에서 아주 애절하게 울려나왔다.

"으~으~흐~흑. 흐~흑."

드디어 복례 오라비가 제2막을 위하여 이불 속에서 머리를 쳐들고 몸을 일으켰다. 손으로 만지는 동안 질펀하게 젖고 흘러넘치던 음부에 다시 손을 갖다 대더니 자신의 뻣뻣한 양물을 잡아서 개똥이 어멈의 음부에 처박았다.

"어~헉!"

한순간 개똥이 어멈의 숨이 멈췄다. 복례 오라비는 일로 단련된 억센 팔뚝으로 개똥이 어멈을 끌어안으며 숨이 넘어가는 개똥이 어멈의 아랫도리를 사정없이 지져대고 있었다. 개똥이 어멈의 벌려졌던 입술이 세차게 다물어지면서 된소리로 짜내 듯 신음이 새어나왔다.

"윽~윽~흑~흑~흑!"

그러나 특별한 자극으로 담금질되어 욕정이 솟아오른 복례 오라비의 양물은 시들 줄 모르고 이성을 잃은 듯 개똥이 어멈의 음부를 사정없이 공격해댔다.

드디어 땀에 흥건히 젖은 두 개의 욕망 덩어리가 이며 욕정의 화신이 종말을 향해 치닫고 있었다. 욕정의 화신이 된 듯 복례 오라비의 움직임도 개똥이 어멈의 몸 위에서 거칠고 빠르게 진행되고 있었다.

이상한 파열음이 나면서 두 나신이 떨어졌다 다시 부딪칠 때마다 욕정이 종국을 향해 달려가고 있음을 예견했다. 남자와 여자, 뒤엉킨 알몸의 입과 코에서는 뜨거운 열기가 쉴 새 없이 뿜어져 나왔다. 드디어 두 남녀의 울부짖음이 마지막 절규처럼 온 방안에 단말마(斷末魔)의 비명으로 울려 퍼졌다.

"아~아~악!"

"으~으~윽!"

그리고 일순간 방안은 고요한 침묵에 빠져 버렸다.

잠시 후에야 가느다랗게 내쉬는 숨소리가 힘없이 울려왔다.

"후~유~후~!"

그리고도 포개진 두 남녀의 나신은 움직임이 없었다. 창문에 비친 햇빛이 창호지를 뚫고 들어왔다. 복례 오라비의 벌어진 가랑이 사이가 시커멓게 그림자를 드리우고 불룩 솟아 있었다. 허옇게 드러난 둔부에 땀방울이 맺혀 있었다.

두 사람은 이미 처음의 수줍음과 민망스러움 때문에 이불로 감추었던 부끄러움을 걷어차 버리고 벌건 대낮에 활개를 친 채 욕정의 단물을 빨고 있었다. 잠시 침묵이 이어진 다음 복례 오라비가 개똥이 어멈 위에 포개었던 몸을 일으켜 벌렁 방바닥으로 드러누웠다.

그러자 아무런 부끄러움도 없이 알몸의 두 남녀가 나란히 천정을 쳐다보고 드러누운 모습이 드러났다. 모든 열정을 쇠진한 거포는 한쪽으로 맥없이 누워 있었다. 그럼에도 개똥이 어멈은 쾌락의 순간들을 더 즐기려는 듯 아직도 지그시 눈을 감고 있었다.

덜미

웅장 성주는 요즈음 단꿈을 보내고 있었다.

춘심이 객줏집에 들러 하루가 다르게 커가는 이쁜 자신의 피붙이를 보는 것도 기쁘고 즐거운 일이거늘 언제나 다소곳이 자신을 맞이해주는 미암성의 작은댁과 의 만남 또한 새로운 세계를 접한 것 같았다. 미암성 마님과의 나날은 일찍이 경험하지 못한 신혼의 단꿈을 고스란히 맛보게 해주었다.

웅장은 시종이 자신의 뒤를 밟고 있는 줄은 꿈에도 몰랐다.

호사다마(好事多魔)라는 말 그대로 행복에 젖어 지내다보니 주위를 살필 겨를이 없었다

시종은 예전과 달리 웅장이 혼자 다니려고 하는 것이 이상했다. 웅장이 성 밖으로 나갈 때면 어김없이 자신이 수행을 했는데, 언제부턴가 혼자서 출행(出行)하기 시작했던 것이다. 그렇다고 처음부터 의구심을 품고 하늘같은 성주님의 뒤를 캐려는 의도나 음모 따위는 없었다. 단지 호기심에 한 번 뒤를 밟고

싶었을 뿐이고, 우연히 기회가 왔을 뿐이었다.

그런데 뒤따라간 웅장은 변함없이 춘심이 객줏집으로 들어갔다. 그래서 적이 실망했다. 웅장 성주가 무슨 대단한 비밀이라도 감추기 위해 자신을 내치고 혼자 출행(出行)을 감행한 줄 알고 있었는데 고작 춘심이 객줏집으로 들어가는 것을 보고는 그냥 뒤돌아서고 말았다. 그리고 춘심이 객줏집에서 인연을 맺었던 공산댁의 오두막집으로 발길을 돌렸다.

공산댁은 객줏집에서 물러날 때 제법 넉넉하게 쥐어준 엽전 덕분에 아직은 끼니 걱정 없이 잘 살고 있었다. 더구나 객줏집에서 눈이 맞았던 성중의 시종이 뻔질나게 들락거려서 허기지지 않고 성욕까지 해결하고 있었다.

오늘도 어김없이 시종이 찾아왔다.

"임자, 잘 있었는가?"

"뭐 특별히 잘 있고 못 있고가 있간디요, 사람 사는 게 다 그렇고 그런 것인디."

"주안상 좀 봐 오게."

"안으로 들어가셔요."

시종도 이제 제법 서방 노릇을 하고 있었다. 물론 공산댁도 주막집을 전전하면서 이놈저놈에게 하대를 받고 엽전 몇 푼에 치마를 들치기도 했지만 그것이 결코 좋아서 한 일이라고 볼 수는 없었다. 다만 먼저 저 세상으로 떠난 서방을 대신해서 자식들 먹여 살리고자 하는 호구지책(糊口之策)일 뿐이었다.

그렇다고 모든 남정네가 다 싫다는 것은 아니었다. 이제 한창 성욕이 무르익을 나이에 혼자되었으니 끓어오르는 욕정에 시달리던 밤이 한두 번이었겠는가?

그러나 해웃채를 바라고 치마끈을 풀 때는 허망한 경우가 많다. 대가를 매개로 하다 보면 자신은 제대로 준비도 해보지 못한 상태에서 이미 상대는 성욕을 접어 버리는 일이 허다하여 공산댁 또한 형식적인 응대에 그치고 만다는 것이다. 욕망의 충족은커녕 허기와 갈증만 더하는 꼴이라고나 할까?

물론 이따금 연민이 가는 상대가 있기도 했지만 몸을 의탁할 정도는 아니었다. 그러다가 웅장 성주의 시종과 인연을 맺고 어찌어찌 하다 보니 예까지 오고 말았다. 그래도 시종이 얼마만큼 공산댁의 든든한 후원자 노릇을 해주니 그나마 조금 마음이 놓였다.

법이라는 게 도대체 힘 있는 자들의 전유물인 세상에서 공산댁 같은 과수댁의 목숨은 그야 말로 파리 목숨이었다. 그런 차에 반남성 성주의 시종이라니, 비록 말고삐 잡는 역할을 할지라도 시종의 입김은 상당한 영향력을 행사하고 있었다. 이러니 공산댁도 서방 노릇을 하는 시종을 내치지도 못하고 왕래하다 보니 어느새 정도 들었고 주위에서도 성주를 지근거리에서 모시는 시종의 첩이라고 하며 공산댁 복 터졌다고 수군거리는 것도 결코 싫지 않았다.

공산댁이 그래도 서방님이랍시고 정성들여 술상을 봐왔다.

"출출하실 텐데 한 잔 하시어요."

"수고하셨구먼."

"기왕이면 임자도 이리 오구려."

"제가 한 잔 따라 올릴까요?"

"그래주면 더욱 고맙지. 아무려면 자작이 임자가 따라준 것만 하겠어?"

"원 남정네들이 두고 쓰는 문자가 그런 말이여."

"사실 말이 나왔으니 말인데… 혼자 따라 마시는 자작(自酌)의 술맛보다 분 냄새나는 여인네가 따라주는 술맛이 훨씬 깊은 맛이 있지. 그게 풍류 아니겠어?"

웅장 성주나 그 측근들이 기방 출입을 할 때 시종 놈이 어깨 너머로 배운 가락은 있어서 제법 의젓하게 토호 행세를 흉내 내고 있었다. 이 녀석도 사내랍시고 냉수를 마시고도 개 트림을 해야 직성이 풀릴 놈이다.

"서방님과 지랑은 그런 사이가 아니잖아요? 아무튼 그럼 제가 한 잔 따를게요. 여적에는 지가 따라 드리지 않았나요? 매번 지가 따라주는데도 서방님은 똑같은 말만 해요."

"어~허 그랬던가? 아무튼 임자가 따라주는 술맛은 유별나게 맛있거든."

"자 이리 와서 임자도 한 잔 받아보구려."

"지가 못 마시는 줄 아시면서도 매번 저러신다니까."

"그랬던가. 아무튼 우리 남정네들은 계집들의 체취에 넋이 빠지고 말거든."

"지도 계집으로 봐주시니 기분은 좋네요."

"무슨 말을, 임자가 어때서? 이제 술로 흥취도 올랐으니 이 부자리를 펴구려."

"주무시고 가시게요?"

"기왕에 나섰으니 오늘 밤은 임자와 보내고 가야겠소."

"참 그런데 성주님은 아직도 춘심이와 그렇고 그런 사이로 지내는 것 같은데 도대체 왜 나를 따돌리고 혼자 출행을 하시는지 알 수가 없어. 오늘도 혼자서 성 밖으로 나서기에 무슨 대단한 비밀이나 있는 줄 알고 뒤를 밟았더니 고작 춘심이 객줏집으로 쑥 들어가는 거여."

"그라고 보니 나도 좀 이상한 생각이 드네요."

"이상한 생각이 들다니, 무슨?"

"이건 확실하지는 않지마는 춘심이 객줏집에 수상한 남정네들이 드나든다는 소문이 있었지요. 반남성 사람들은 아닌 것 같고, 보부상이나 장사치들도 아닌 것 같다는데…. 또 객줏집 수리해서 장사 시작하면 우리를 다시 부른다고 하더니 모두 새 사람으로 들였다고 하네요."

"그건 또 무슨 뜬금없는 소리여? 춘심이 객줏집에 왜 모르는 남정네들이 드나든다는 거여?"

"그건 지도 잘 모르겠는데 그런 소문이 들렸지요. 그러다가 요즈음은 또 남정네들 발길이 뚝 끊어졌다고 하더라고요."

"그래? 그러면 임자가 한 번 염탐해 봐. 뭔가 짚이는 데가 있는지…."

"예, 지가 조용히 한 번 알아볼랑께요."

"뭐가 있기는 있나… 성주님이 나를 내치고 혼자서 댕길 일이 없는데?"

"엽전 꾸러미를 넉넉히 던져주면서 내보낸 것도 그렇고, 다시 부른다더니 새 사람들로 채워 넣은 것도 그렇고 암튼 좀 이상하긴 해요."

"알았응께, 상 물리고 이불 속으로 들어오더라고."

한편 웅장은 춘심이의 객줏집으로 들어섰다.

시종 놈이 본 것은 거기까지였다. 객줏집으로 들어선 웅장은 재빨리 안채로 통하는 대문을 열고 안으로 들어섰다. 그것을 살피는 또 다른 눈이 있는 줄은 웅장도 미처 몰랐다. 반남성에서 객줏집으로 오는 길은 시종 놈에게 뒤를 밟혔고, 객줏집에서 안채로 들어갈 때는 또 다른 시선이 뒤를 쫓고 있었던 것이다.

평소 같으면 들락거리는 손님들에게 신경 쓰는 대신 제 할 일만 챙겨야 할 중년 아낙의 눈에 웅장의 거동이 포착되었다. 복례 오라비로부터 엽전을 받았던 아낙이었다. 엽전을 주면서 딱히 누구라고 하지는 않고 단골손님 운운하긴 했지만, 엽전을 챙긴 중년의 아낙이 안채로 들어가는 범상치 않은 인물을 놓칠 리 없었다. 중년 아낙은 직감으로 복례 오라비가 찾는 사람일 것이라고 판단했다.

웅장 성주는 그런 일이 진행되고 있는 줄은 꿈에도 모르고 여느 때와 다름없이 미암성 마님 모녀와 객줏집 안채에서 오붓한 시간을 보내고 성으로 돌아갔다.

사건은 언제나 예기치 않는 데서 벌어지곤 한다.

시종이 웅장을 미행하던 날로부터 순식간에 며칠이 지난 다음, 시종은 뽀르르 성에서 빠져 나왔다. 고자(鼓子) 처갓집 드나들 듯 한다고 이날도 시종은 공산댁의 오두막집으로 찾아갔다. 시종이 들르자 공산댁은 지난번에 별 생각 없이 지껄였던 말에 대해 결과를 내놓았다.

"성주님이 서방님 따돌리고 혼자서 나댕기는 까닭이 있기는 있는가 봐여. 성주님은 춘심이 객줏집 안채를 들랑거린대요. 아예 주막은 오라비 부부에게 맡겨버리고 춘심이는 안채에서 성주님과 아예 살림을 차렸는지 객줏집에는 잘 나오지도 않는다는구먼요."

"성주님과 춘심이가 그렇고 그런 것은 나도 이미 알고 있는 사실인데… 그라면 머 땜에 성주님은 나를 따돌리실까? 거참 알다가도 모를 일이네."

"근데 임자는 그것을 어떻게 알았단가?"

"거기 일하는 지집들 중에 입이 싼 년으로부터 들었당께."

"그런 일로 나를 내칠 성주님은 아닌데… 이상혀."

"그라고 이따금 애기 울음소리도 들린다고 하더랑께."

"머라고? 혹여 잘못 들은 것은 아녀? 내가 성주님 수행하고 함께 안 나간 지가 그렇게 인자 여섯 달포밖에 안 됐는데 춘심이가 벌써 애기를 낳았단 말이여? 그라면 그것 때문에 성주님이 나를 피한 것이여?"

"좌우간 지는 알아본 대로 일러 드렸으니 나머지는 알아서 판단하더라고?"

"수고했어, 좌우당간 고맙구먼."

기껏 애를 써서 알아다 주었는데도 시종의 반응이 시원찮은 걸 보고 공산댁은 입을 삐죽거렸다. 시종은 공산댁을 멀뚱하게 대하는 줄도 모르는 채 골똘하게 생각을 굴려 보았다.

'그럼 마님도 눈치를 채셨단 말인가?'

반남성 마님이 시종인 자신의 첩살림을 두고 나무랄 때 쭈뼛거리며 변명을 하려고 했던 것으로 눈치를 챘는지도 모르겠다는 느낌이 들기도 했다. 사실 그때는 깜짝 놀라 입을 닫아버리긴 했지만, 엉겁결에 사실을 고할 뻔했다.

흔히 투기(妬忌)와 의심암귀(疑心暗鬼)는 자매지간이란 말도 있듯이 혹시나 하여 쌍심지를 켜놓고 성주님의 일거수일투족을 살피는 반남성 마님이 시종의 그런 낌새를 놓칠 리 없었다.

복례를 시켜 복례 오라비에게 영산강 포구의 춘심이 객줏집을 염탐하게 했던 것도 시종의 첩살림에서 비롯된 일이라고 할 수 있었다.

반남성 마님이 노파심으로 놓았던 덫에도 신호가 왔다.

"아이고 인자사 오시오. 지는 목 빠져 혼나부렀당게."

중년의 아낙이 춘심이의 객줏집으로 들어서는 복례 오라비를 보자마자 소매 끝을 부리나케 잡아끌면서 호들갑을 떨었다.

"우왓따! 먼 좋은 소식이라도 얻었단가?"

"그랑게 나만 모르고 있었어. 지집년들이 이미 즈그끼리는 쑥덕거리고 있었구먼. 그란디 춘심이가 어찌나 입단속들을 해 놨던지 낸들 도통 알 수가 없었제."

중년 아낙은 복례 오라비의 한쪽 어깨를 차지하다시피 하면서 뒤꼍 토방 쪽으로 끌고 갔다. 복례 오라비는 부탁할 때와는 달리 조금은 시큰둥한 반응을 보이며 아낙의 뒤를 따라갔다. 토방마루에 복례 오라비를 앉힌 중년 아낙이 실~실 눈웃음을 치며 말을 붙였다.

"지가 얼른 술상을 봐올 테니 쬐끔만 앉아 계시드라고잉."

말을 마치자 부리나케 부엌으로 들어갔다. 그리고 고기를 듬직하게 썰어 접시에 담아낸 술상을 가져왔다.

"자 술부터 한 잔 받으시오."

술잔을 건네받은 복례 오라비가 따라주는 술을 받으며 물었다.

"뭣을 좀 알아냈단가?"

주위를 둘러보던 아낙이 나직이 속삭였다.

"알다마다. 내가 누구여? 이래 봬도 객줏집에서 잔뼈가 굵은 사람이랑께."

아낙은 은근히 자신의 실력을 뽐내 보였다.

"얼른 말이나 해보랑께."

"왓따, 약속한 것부터 먼저 내놔 보더라고."

"아니 사람을 그렇게 못 믿는당가?"

"이 닳고 닳아진 객줏집에서 엽전 말고 누굴 믿는당가?"

"옛~쏘, 급하기는."

복례 오라비가 허리춤에서 엽전 세 닢을 꺼내 과수댁의 손을 잡아끌면서 손바닥에 놓아 주었다.

"애개, 이것이 먼 일이랑가? 고작 세 닢 받자고 한 일이랑가?"

"알았어. 여기 두 닢 더 얹어줄게."

아낙은 엽전 두 닢을 더 받고서야 말을 꺼냈다.

"나만 모르고 있었는디… 글쎄 지년들은 벌써 다 알고 있었구먼. 그러고도 쉬쉬 입들을 봉하고들 있었어. 듣기론 이곳 성주님이 춘심이하고 살림을 차린 것이라고 수군덕거리더만."

"뭐라고, 성주님이 살림을 차렸다고?"

"그래. 이번에는 안채로 들어가는 것을 내 이 눈으로 똑똑히 보았당께."

"허~허 이런 일이 다 있당가? 인자 반남성은 난리가 터져

불것네."

"그라고 애기 울음소리도 들린다고 하드랑게."

"머라고, 그람 애기도 있단 말이여? 인자 춘심이년은 다 죽게 생겼네."

"인자 나는 다 말했응께~ 내가 했단 말 하면 안 돼! 나 이 집에서 쫓겨나. 알아서 잘들 히여 나는 아무 것도 모릉께. 그람어서 술 마시고 가여, 나는 내 일 할랑께."

복례 오라비도 난감하기는 마찬가지였다.

이거야말로 무식한 복례 오라비가 생각해도 진퇴양난(進退兩難)이었다. 어떻게 해야 할지 막막하기만 했다. 까딱 잘못하다가는 춘심이년 산송장 만들기 십상이었다. 반남성 마님의 투기심은 이미 소문이 자자하니, 마님이 알았다 하면 춘심이를 가만두지 않을 것은 뻔하고 뼈도 못 추릴 것이다.

복례 오라비는 씁쓸한 기분으로 술잔을 들이켰다. 셈을 치르고 터덜터덜 집으로 옮기는 발걸음이 천근만근이었다. 집에와서도 걱정이 되어서 도통 어떻게 해야 할지 갈피를 잡을 수가 없었다. 생사람 잡을 일은 아니라 하더라도 춘심이가 엮이는 일은 기분이 좋지 않았다.

비록 객줏집을 꾸려가지만 춘심이가 다른 기생퇴물들처럼 기둥서방을 두고 장사를 하는 것이 아니라 오라비 부부와 함께 노부모님을 극진히 모셔가며 장사를 한다고 주위에서도 평판이 좋았다. 비록 기생 출신이지만 남들처럼 돈 많은 사내를 꼬드겨 머리 올려달라고 해서 후려낸 돈으로 객줏집 차릴 밑 천을 울궈낸 것도 아니었다. 평소의 됨됨이를 아는 동료 기생 들이 십시일반(十匙一飯)으로 거들어서 객줏집도 차려준것이 다.

누구나 그런 춘심이를 동정하는 마음은 비슷했다. 복례 오 라비의 마음도 별반 다를 것이 없었다. 그런데 일이 이렇게 커 질 줄 몰랐는데, 진퇴양난(進退兩難)인 셈이었다.

이미 심부름 값은 받아 챙겨 버렸으니 복례에게 이 사실을 알리긴 알려야 했다. 그러면 춘심이가 물고를 당하거나 초죽 음이 돼서 반남성 관할에서 쫓겨날 것은 불을 보듯 뻔하다. 풀 이 죽어 돌아온 서방을 개똥이 어멈은 반갑게 맞이했다. 엽전 을 열 닢이나 가지고 나갔지만 마냥 싱글벙글하는 표정이다.

"왓따, 왜 이리 기운이 없다요? 먼 일이 있단가요?"

배시시 눈웃음까지 흘리며 애교를 떨었다. 아마 엊그제 대 낮에 치렀던 그 짓이 무척 달콤했나 보다. 허기사 그동안 사뭇 굶기다시피 했으니 얼마나 남정네 살 냄새가 그리웠겠는가? 고작 두세 차례 연중행사로 그 짓을 해도 도무지 시큰둥하기 짝이 없고 언제 그랬냐는 등 어이없이 끝내버리고 마니 어느 여인네인들 불만이 없을쏘냐.

춘심이 객줏집에서 잔뜩 고민을 안고 돌아온 복례 오라비는 엊그제 언제 그런 일이 있었냐는 듯 애교를 떠는 개똥이 어멈 이 징그럽기까지 했다.

"내가 아까 엽전 열 닢 가지고 갔어. 복례가 부탁한 일 보려고 가져갔는데, 이제 다 끝났응께 남은 엽전은 당신이 다 가져."

"누가 엽전 때문에 그랑가? 당신이 기운 빠진 수탉처럼 맥이 없어 보이니 안 되어 보여서 그라제."

"알았어. 그럴 일이 있어서 그라니 혼자 있게 내비둬."

그때서야 분위기를 파악한 개똥이 어멈은 눈을 흘기며 문을 쾅 닫고 안방으로 건너가 버렸다. 안방으로 들어간 개똥이 어멈이 혼자 말로 투덜거렸다.

"흥 어쩐지 안하던 짓을 할 때부터 알아봤어. 주제에 그라면 그라제. 지가 술이라도 안 퍼묵고 들어온 것만 해도 내 주제에 감지덕지(感之德之)지⋯."

난리

(亂離)

오라비의 전갈을 받은 복례는 얼굴색이 샛노랗게 변했다.

반남성 마님으로부터 엽전 꾸러미를 건네받을 때만 해도 복례는 속이 편했다. 우선 웅장 성주의 인품으로 봐서 그럴 리가 없다고 자신했기 때문이다. 그래서 고생하는 오라비의 가용(家用)에라도 보태 쓰게 하고 싶은 마음이었다.

당연히 헛소문일 거라 믿고 싶었다. 아니 당연히 그렇게 믿었다. 그런데 성주님이 춘심이 와 살림을 차렸을 뿐만 아니라 아기까지 태어난 것 같다는 오라비 얘기에 복례는 오금이 저려왔다. 자신 때문에 애꿎은 춘심이가 성주와 정분을 맺었다는 사실이 밝혀졌으니 그것만으로도 이제 죽은 목숨이었다.

오라비의 집을 나서는 복례는 마치 제 자신이 춘심이가 되는 심정이었다. 아무리 생각해도 뾰쪽한 방법이 떠오르지 않았다. 성문이 가까워질수록 복례의 머릿속은 점점 하얗게 변했다.

이제 어떻게 투기가 심하고 의심 많은 반남성 마님을 속일 수가 있으랴? 복례는 호랑이 같은 마님 앞에서 절로 기가 질렸다.

"복례야, 갔던 일은 어떻게 되었느냐? 물론 별다른 일은 없었겠지. 원래 무지렁이 백성들은 뒷구녘에서 속닥거리기를 좋아한단 말이야."

"마님, 저 그게 아니고요…."

말을 붙이자 똥마려운 표정을 지으며 우물거리는 복례를 반남성 마님이 의아스런 표정으로 내려다본다. 복례는 그런 마님을 힐끔 쳐다보더니 마치 자신이 죽을죄를 진 것처럼 바닥에 고개를 처박듯이 하고 말이 없다.

"………."

침묵이 흘렀다. 그러나 둘 사이에 대화가 끊어진 상태로 흘러간 짧은 순간에 대화만큼 많은 이야기가 오고갔다. 마님은 영리했다. 이미 복례의 주저거리는 대답 속에 정답이 있었다.

"언제부터라고 하더냐?"

"………."

"복례야, 네가 무슨 잘못이 있다고 그러느냐? 너는 그냥 들은 대로 소상히 아뢰기만 하면 되느니라."

"예, 마님… 그런데 그게 아니고 몸이 떨려서요."

"그래 마음을 진정하고 천천히 말해 보거라."

"저… 그게… 춘심이가 살림을 차렸다고 합니다. 확실한 것은 잘 모르고….”

“네 오라비한테는 누가 그랬다고 하더냐?”

“그러니까… 춘심이 객줏집에서 일하는 나이 든 아낙에게 들었답니다.”

“그러면 사실이지 않겠느냐?”

“………..”

“알았으니 물러가거라.”

“예, 마님.”

복례는 등줄기에 식은땀을 흘리며 바늘방석 같은 자리를 떠났다. 그러나 앞으로 벌어질 일에 마음은 천근만근이었다.

이제 춘심이가 물고를 당할 것은 불을 보듯 뻔한 사실이었다. 그러나 반남성 마님이 얼마나 설칠 것인지, 춘심이가 당할 벌이 어떻게 전개될지는 아무도 예측할 수 없는 일이었다.

복례가 물러나고 나자 반남성 마님은 울컥 분노가 솟았다.

한동안 생각에 잠겨 이것저것 헤아려볼수록 분노는 하늘을 찌르고도 남을 정도로 점점 커지기만 했다.

“우라질 년, 감히….”

춘심이란 년을 어떻게 할까 궁리하고 있는 와중에도 남편에 대한 서운함이 머리를 치솟게 했다. 살뜰한 정분으로 살아가는 가시버시는 아닐지라도 웅장 성주가 자신을 두고 첩살림을 차렸다는 사실이 참기 어려울 정도로 화가 치밀었다.

그렇잖아도 슬하에 아이가 없어서 기운이 빠지고 은근히 눈치까지 보면서 살아가는 판에 서방님이 첩을 두고 아이를 낳았다는 이야기를 듣자니 눈에 보이는 게 없을 정도였다.

투기(妬忌) 중에도 씨앗투기가 가장 무섭다고 했던가. 반남성 마님은 끓어오르는 분노를 가누기가 어려웠다. 당장이라도 쫓아가서 요절을 내고 싶은 심정이었다. 그러나 이미 사방에 어둠이 깔려 있을 뿐 아니라 성주 부인으로서의 체통 때문에 섣불리 행동할 수도 없었다.

그렇게 시간이 흘러가고 있었다. 어떻게 할까? 엎치락뒤치락, 이 궁리, 저 궁리로 생각에 잠길수록 온 몸이 후끈 달아오르고 화만 치밀었다. 밤을 꼴딱 새다시피 하고는 날이 밝기가 무섭게 기어코 분통을 터뜨리기 시작했다.

"복례야!"

반남성 마님이 부르는 소리가 저승사자의 목소리처럼 들렸다.

복례 역시 간밤에는 한숨도 못 잤다. 자신이 전한 말 한 마디로 난리가 나게 생긴 것이다. 이제 성 안팎으로 소문이 무성할 것이고, 춘심이가 물고를 당할 것은 뻔한 일이었다.

복례는 지가 죽을죄를 진 것처럼 마님 앞에 섰다.

"………."

"왔으면 왜 대답이 없느냐?"

"………."

"복례야, 니가 무슨 잘못을 저질렀다고 그렇게 잔뜩 겁을 먹었느냐?"

"아니어요, 지가 무슨 잘못을 했간디요."

"그런데 왜 그렇게 얼이 빠져 있느냐?"

"분부 내리셔요, 제가 어떻게 할까요?"

"너는 이 길로 곧장 나가서 춘심이 년을 잡아끌고 오거라."

"지가요?"

"그러면 너 말고 여기 또 누가 있느냐?"

"가서 뭐라고 할까요?"

"그냥 내가 보자고 한다는 말만 전하고 데려오도록 해라."

"저~ 저… 마님~!"

"복례야, 귀가 먹었느냐? 냉큼 춘심이 그 기생 년을 잡아오라지 않았느냐?"

"알겠구먼요. 지금 바로 댕겨 오겠습니다요."

복례는 고개를 숙여 보이고 얼른 자리를 피했다. 소나기는 우선 피하고 봐야 한다고, 일단 면전에서 사라져 버리는 것이 상수였다.

그러나 한숨만 돌렸을 뿐, 복례는 성문을 나서면서 못할 짓이라 여겨졌다. 입에 풀칠이나 해보겠다고 성 안으로 들어오긴 했어도 어린 나이에 들어와서 여적 이렇게 마님 시중이나 들고 있다. 배부르고 편한 거야 사실이지만 이따금 어릴 적 개구멍바지 친구들이 시집을 가서 살고 있는 모습을 보면 부럽기도 하다.

나이가 차면서 불현듯 가정을 꾸리고 살아가는 생활을 동경하게 되는 것은 어쩔 수 없었다. 그런데 춘심이가 성주님과 살림을 차리고 아기까지 낳았단다. 부러웠다. 성주님의 아기를 가졌다는 사실이 부러운 것이 아니라 기생이 가정을 가졌다는 사실이 부러웠던 것이다. 비록 무지렁이 촌부의 아내일지라도 여자는 남자의 그늘에서 가정을 꾸려야 하며, 흙 속에 파묻혀 살아도 그것이 행복이라고 생각했다.

복례는 영산강 포구로 가는 내내 오만가지 생각이 떠올랐다. 그리고 무작정 데려오라는 반남성 마님의 말씀을 거역하기로 마음먹었다. 파리 목숨만도 못한 천한 목숨이지만 춘심이에게 사실대로 말해줄 작정이었다. 그래야만이 춘심이도 무언가 대비책을 세울 수 있을 것이다. 마님 말씀대로 데려가서 붙잡혀 버리면 춘심이의 모든 원망은 고스란히 복례에게 돌아오고 지근거리에 살고 있는 복례 가족들도 주위에서 손가락질을 받을 것이다.

그러나 그보다 더 복례가 그렇게 마음을 굳힌 까닭은 따로 있었다. 춘심이나 복례나 다 불쌍하고 천한 것들이라는 동류의식, 똑같이 불쌍한 처지에 있는 천민들이 서로 외면하고 고자질한다면 춘심이 입장에서는 얼마나 서럽겠는가 하는 점이었다. 더구나 춘심이에게는 아기까지 딸려 있다고 하지 않는가.

춘심이 객줏집에 도착한 복례는 마음을 가다듬고 춘심이를 찾았다.

"춘심이란 분이 누구요? 나는 반남성 성주님의 마님을 모시고 있는 몸종 복례라고 해요. 급히 마님 말씀을 전갈해야 하니 불러주시오."

허드렛일 하는 나이든 아낙이 의아한 듯 고개를 갸웃거리며 복례를 맞았다. 복례 오라비에게 처음 객줏집의 사정을 발설했던 아낙이었다.

"반남성 성주님의 마님을 모시는 몸종이 어쩐 일로?"

나이든 아낙이 춘심이의 올케를 찾았다. 춘심이는 오라비 부부에게 맡긴 객줏집 일에는 거의 신경을 쓰지 못하고, 올케가 안주인 노릇을 하고 있는 처지였다.

"어쩐 일로 오셨다요, 지가 춘심이 올케랑께요."

춘심이 올케가 누덕누덕 기운 앞치마에 손을 쓱쓱 문지르며 나타났다. 얼핏 보기에도 순박해 보였다. 복례의 올케 개똥이 어멈하고는 달라보였다.

하기야 복례 올케인들 처음부터 그랬겠는가. 욕심도 없고 무던한 복례 오라비와 살면서 입에 풀칠이라도 하려니 어쩔 수 없이 그렇게 변하고 만 것이라고 복례는 늘 오라비를 탓했다. 사람 좋은 복례 오라비는 품삯도 받아올 줄 몰랐다. 그러니 궁핍한 살림을 벗어나기 어려웠고, 그런 일에는 복례의 올케가 나설 수밖에 없었다.

"지는 개똥이 어멈 시누 복례라고 해요. 어렸을 때 성 안으로 들어가서 지를 잘 모를 거여요."

"처음 보지만 말은 많이 들었구먼요."

"춘심이 시누를 만났으면 해서요."

"그러면 제가 데려올 텐께 잠시만 기다려 주세요."

"일이 급하니 서둘러 주시고요."

춘심이의 올케는 종종걸음으로 안채 대문을 열고 안으로 걸어 들어갔다. 예삿일로는 얼씬도 못 하는 걸음이었다.

잠시 후 춘심이의 올케가 춘심이를 앞세우고 안채 대문 밖으로 나와 다시 복례와 마주했다. 올케가 비켜서고 춘심이가 의아한 표정으로 얼굴을 들이밀며 복례에게 물었다.

"성 안에서 오셨다면서요?"

"그것이 그러니까… 어디 조용한 방에서 이야길 했으면 해서요. 워낙 중요하고 급한 일이라 그렇습니다."

"그러면 이리 따라오세요."

복례는 순간 이상한 기분이 들었다. 춘심이가 이렇게 태연할 수는 없었다. 분명 성 안에서 나왔다고 하면, 더구나 반남성마님의 몸종이라고 하면 놀라는 기색이라도 보여야 하는데 도무지 첩살림을 차린 년 치고는 너무나 태연해 보였다.

'혹시 이거 오라비가 잘못 알아본 것이 아닌가.'

불쑥 의구심까지 느낄 정도였다. 차라리 그러길 바랐다. 그러면 만사가 조용해진다. 복례가 가슴 조일 일도 없다.

춘심이는 복례를 제 방으로 안내했다. 겉으로 보기에는 뒤
채가 없는 것처럼 보이도록 만들어진 구조였다.

"방으로 들어가시어요."

먼저 마루에 올라서기를 권하고 춘심이도 마루로 뒤따라 올
라서더니 문고리를 잡아당겨 문을 열고 복례가 들어서기를 권
했다. 복례는 의구심을 거두지 않고 방으로 들어갔다. 그리고
조급히 자리에 앉으며 오히려 춘심이에게 자리에 앉으라는 눈
짓을 보였다. 춘심이도 의아한 표정으로 복례 앞에 마주 앉았
다. 복례가 심각한 표정으로 질문한다.

"지금 마님께서 춘심이를 데려오라고 했어요. '아무 말도
하지 말고'라는 단서를 붙여서입니다. 그런데 제가 미리 귀띔
해 드리는 것입니다. 만약 이 사실이 탄로 나면 나도 마님께 경
을 치겠지요. 그러니 솔직히 털어 놓고 대비를 한 다음 마님께
들어가도록 해요."

"마님께서 '아무 말도 하지 말고' 저를 데려오라는 분부를
내리셨다고요?"

"그래요. 성주님과 살림을 차리고 아이까지 두었다는 소문
이 알려졌거든요. 소문을 들어서 아시다시피 여간 불같은 분
이 아니신 마님의 분노가 하늘을 찌를 듯해요."

그때서야 춘심이는 사태가 심각하다는 사실을 깨닫게 되었
다.

물론 자신과는 무관한 듯이 여겨질 수도 있었다. 첩살림을

차린 것도, 아이를 낳은 것도 자신이 아니었기 때문이다. 반남성 마님 앞에 불려갈지라도 사실대로 고한다면 당사자인 미암성 마님이 다칠 염려는 있어도 돈 받고 집을 빌려준 춘심이야 꾸지람은 당할지언정 신변에 커다란 위험을 초래할 일은 없을 것 같았다.

그러나 거기까지 생각이 미치자 갑자기 사지가 떨려왔다.

자신이 첩살림을 차리거나 아이를 낳은 게 아니라는 사실이 문제가 아니었다. 만약 미암성 마님과 아기씨가 잘못되기라도 한다면 춘심이 일가족 피붙이들은 모조리 도륙을 당할 것이라고 하지 않던가. 늙은 종놈이라면 충분히 그러고도 남을 것이다. 입가에 비열한 웃음을 풍기며 저승사자처럼 말하던 늙은 종놈의 모습이 떠올라 춘심이는 진저리를 쳤다.

"약속은 꼭 지키셔야 합니다. 만약 아씨마님과 아기씨의 신변에 무슨 일이라도 생긴다면 춘심이 마님과 부모님, 오라비 부부까지 온 가족이 다시는 햇빛 구경을 할 수 없을 것입니다. 여기서 도망쳐서 삼한 땅을 벗어나더라도 배신의 대가는 반드시 치러야 합니다. 어디로 가시든 우리는 꼭 찾아낼 테니까요."

춘심이는 늙은 종놈의 말을 생생하게 떠올리며 부들부들 몸을 떨었다. 기어코 일은 터지고 말았다. 그동안 얼마나 입조심을 했는데 왜 이렇게 되었는지 도무지 알 수가 없었다. 터진 일은 터진 일이고 앞으로 어떻게 해야 할지 눈앞이 샛노래졌다.

반남성 마님의 투기(妒忌)야 일대에 모르는 사람이 어디 있던가. 이제 반남성 마님의 촉수에 걸렸으니 미암성 마님은 끝장이라는 생각이 들었다. 말문이 콱 막혔다.

복례가 재차 다그치듯 하며 춘심이의 복안을 물었다.

"말씀을 하셔야 도망을 치든지 대책을 강구하든지 할 것 아닙니까?"

복례는 춘심이의 놀란 표정을 보고 육감으로 사실이구나 하고 느꼈다.

"저… 사실은 그게… 제가 아니고 미암성에서 오신 마님과 성주님이…."

춘심이가 말을 더듬고 버걱거리며 손가락으로 방의 다른 쪽 벽을 가리켰다. 춘심이가 가리키는 방의 다른 쪽 벽을 쳐다봐도 아무런 이상이 없어 보인다. 복례는 다시 춘심이에게 고개를 돌렸다. 춘심이가 애써 진정하고 방의 다른 쪽을 가리키며 말문을 열었다.

"저 쪽 벽 뒤편에 미암성 마님이 살고 계셔요."

춘심이가 들려준 얘기를 들은 복례는 들어왔던 문과는 다른 문으로 춘심이와 함께 나가서 미암성 마님이 살고 있다는 뒤곁으로 돌아갔다. 그리고 깜짝 놀랐다. 절간의 부처님 뒷모습처럼 아무 것도 없을 줄 알았던 곳에 객줏집에서 보던 안채와 똑같은 안채가 하나 더 의젓이 버티고 있었다. 툇마루 앞까지 다가간 춘심이가 기척을 하며 불렀다.

"미암성 마님!"

춘심이가 부르자 여인이 조용히 문을 열고 내다본다. 그야말로 백옥 같은 피부의 수려한 미인이었다. 그 우아한 자태에 복례도 무의식중에 몸을 추슬렀다.

"무슨 일이 있으신가?"

"미암성 마님, 이 사람은 반남성 마님의 몸종인 복례라고 합니다. 긴히 뵙고 전할 말씀이 있다고 해서 염치없이 데려오게 되었습니다. 상황이 너무 급박한지라… 일이….."

여기까지 들은 미암성 마님이 잠시 놀란 표정을 지었다. 그리고는 천천히 일어나서 두 사람을 방으로 안내했다. 그러나 행동은 평상시와 다름없이 평온했고 조금도 당황한 기색은 느낄 수 없었다. 두 사람을 방안에 앉힌 미암성 마님이 입을 열었다.

"편하게들 말씀하시게."

복례가 입을 열었다.

"그러니까… 성에 계신 마님께서 오해가 있으셨습니다. 춘심이가 성주님과 첩살림을 차렸다는 소문을 들으시고 저에게 춘심이를 데려오라고 하셨습니다. '아무런 연통도 넣어서는 안 된다. 그냥 물어볼 일이 있다고만 전해라.'고 하셨습니다."

잠시 눈언저리에 경련이 일었을 뿐, 미암성 마님은 여전한 태도로 복례의 다음 이야기를 재촉하듯 고개를 주억거렸다.

"그런데 우리 같은 천한 목숨도 목숨은 목숨입니다. 그리고 간난 아기씨가 있다는 말에 지가 마님에게 경을 당할 각오로 일을 저지르고 말았습니다. 무슨 대책은 세워야 하겠기에 먼저 말씀을 드리려고 한 것입니다. 그런데 이상하게 일이 꼬였습니다. 우리 둘이서는 어찌 할 바를 몰라 난감해서 이렇게 말씀드리게 된 것입니다."

여기까지 말을 마치고는 복례가 입을 닫았다.

잠시 동안 침묵이 이어졌다. 복례와 춘심이가 안절부절 못하는 데 비해 미암성 마님은 지극히 평온한 듯했다. 이윽고 미암성 마님의 차분한 말소리가 들렸다.

"복례 처자, 이렇게 미리 알려줘서 고맙네. 지금은 고맙다는 말밖에 할 수가 없구면. 그리고 춘심이는 먼저 오라비를 나에게 보내주시고 내가 시키는 대로 내 일을 돕도록 당부해 주시게. 그리고 복례 처자를 따라 성 안으로 들어가시게. 그리고 마님을 만나서 지금까지 보고 들은 대로, 있는 사실 그대로 고하시게. '나는 다만 돈을 받고 집을 빌려주었을 뿐'이라고 하면 춘심이가 피해를 입지는 않을 테고, 복례 처자 또한 책망을 들을 일은 없을 걸세."

"그~ 그러면 마님은 어떻게 합니까?"

춘심이가 기어들어가는 목소리로 물었다.

"나를 붙잡으러 오겠지. 나는 이미 각오가 되었으니 걱정 말게. 지금으로선 두 사람이 질책을 당하지 않는 게 가장 큰 일이야. 그러나 아기는 안전하게 보호해야 하니까 두 사람이 성 안으로 들어가는 동안 아기를 보호할 방도를 강구해 놓겠네. 자 그럼 두 사람은 성 안으로 들어가도록 하고, 그 전에 먼저 춘심이는 오라비를 보내주게."

복례와 춘심이는 어떠한 방도도 묻지 못하고 미암성 마님의 처소를 나섰다. 두 사람은 아무 말 없이 반남성 마님에 처소를 향해 걸었다.

춘심이는 새삼 미암성 마님의 재빠른 결단이 놀랍다고 생각했다. 물론 객줏집을 나서면서 오라비를 미암성 마님의 처소에 들리도록 하고 시키는 일을 차질 없이 하라고 몇 번씩 당부했다. 일가족의 목숨이 걸렸다는 말도 했다. 물론 그 말은 늙은 종놈을 의식해서 한 말이었다.

미암성 마님의 얘기는 적중했다. 모든 사실을 있는 대로 고한 춘심이와 복례는 아무 탈 없이 반남성 마님의 처소를 벗어날 수 있었다.

한편 미암성 마님은 춘심이 오라비에게 두둑한 엽전 꾸러미와 함께 서찰을 꺼내주며 이런저런 지시를 내렸다. 춘심이 오라비는 미암성 마님의 지시를 받고 객줏집을 떠났다.

'도대체 이 일을 어떻게 처리해야 할까?'

반남성 마님은 고민에 빠졌다. 첩살림을 차린 여인이 춘심이가 아니라 미암성 토호의 며느리였다는 것이다. 남편 웅장 성주가 첩을 취한 것이 아니라 며느리의 시집에서 대를 잇겠다고 씨받이를 청했는데, 딸아이가 태어나는 바람에 부득불(不得不) 돌려보냈다는 것이다.

'그렇다면 남편의 잘못만은 아니지 않은가?'

그러면서도 한편으로는 속이 부글부글 끓어올라 참을 수 없을 지경이었다. 반남성 마님은 소문대로 기어코 일을 저지르고 말았다.

친정의 사병(私兵)들이 바쁘게 움직였고, 놀란 주민들이 춘심이의 객줏집에 몰려들었을 때 미암성 마님이 붙잡혀 갔다. 포대기에 쌓인 채 영문을 모르는 아기도 함께 데려갔다.

"네 년은 어찌 내 허락도 없이 첩살림을 차린 게냐?"

"미처 마님께 이 사실을 고하지 못한 점 백 번 용서를 청합니다. 부디 노여움을 거두시고 용서해 주십시오."

"그러면 목숨을 살려줄 테니 미암성으로 돌아가겠느냐? 네가 성주에게 꼬리를 친 것이 아니라 네 지아비 가문의 대를 잇고자 하는 네 시아버지의 뜻이었다고 하니 어찌 너를 나무랄 수만 있겠느냐?"

"마님의 말씀 고맙기 그지없습니다만, 저는 이미 미암성으로도 돌아갈 수 없는 몸입니다. 성주님을 만나 비록 첩으로나마 지아비로 모신 것도 하늘의 뜻이라 여겨집니다. 이제 지아비 가문에 귀신이 된 몸, 죽어도 여기서 죽고자 합니다. 그러니 마님의 처분에 따를 뿐이옵니다. 그러나 제 딸아이만은 부디 마님께서 거두어 주시기 바랍니다. 제 딸아이이기 이전에 성주님의 핏줄기에 부탁드리는 말씀입니다."

옳은 말이었다. 아무리 표독스럽다고 한들 속마음이야 사리를 분별하지 못하랴! 그러나 반남성 마님은 첩살림을 차린 여인과 딸아이를 살려두고 싶은 마음이 추호도 없었다.

그동안 웅장 성주 곁에 얼씬거리는 계집들을 무수히 내쳐 버렸거늘 하물며 근본도 알 수 없는 미암성 토호의 며느리쯤이야 별것도 아니었다. 오히려 딸아이까지 딸려 있다는 사실이 실낱같은 인정미(人情味)마저 기대하기 어렵게 만들었다.

물론 웅장 성주의 노여움을 전혀 의식하지 못하는 바는 아니었다. 일이 그 지경에 이르면 자연히 웅장과의 한 판 내전이 불가피할 터였다. 그러나 언제나 그랬듯이 이번에도 웅장은 두 손을 들고 말 것이다.

친정아버지는 딸의 투기(妬忌)가 발호할 때마다 번번이 웅장 성주의 편을 들었다. 두 사람 사이에 후손이 없다는 이유였다. 그러나 외동딸의 거센 반발에는 어쩔 도리 없이 침묵으로 딸의 행동을 묵인하곤 했기 때문에 이번에도 그러려니 했다.

반남성 마님의 친정아버지는 외동딸만 둔 처지라 늘 아들이 없음을 서운해 했다. 그러나 그동안 뱃길을 장악하기 위해 공을 들이느라 한눈을 팔 겨를이 없었다. 오늘날 손꼽히는 반남성 권력자가 되었지만 변변한 첩실 하나 제대로 간수하지 못했던 사람이다.

늘그막에 첩을 두엇 보기도 했으나 어쩐 일인지 씨앗을 보지는 못했다. 마침 형님의 아들을 양자로 입적하고 후계자로 삼아 모든 뱃길을 관장하도록 했기 때문에 가문을 이어가는 데는 별 문제가 없었지만, 사위인 웅장에게는 자신의 처지를 물리고 싶지 않아 외방에서 자손(子孫)을 잇도록 은근히 부추기기도 했다.

그런데 이번에는 사돈인 웅장의 아버지가 용납하지 않았다. 워낙 고지식한 학자 집안의 가풍을 이어왔던 웅장 성주의 아버지는 도학자답게 윤리도덕을 벗어난 행동은 추호도 받아들이지 않았다. 그렇다 보니 웅장도 그렁저렁 세월만 비켜서고 말았던 것이다.

그러나 이제 웅장 성주와 반남성 토호인 나씨 가문에 회오리가 닥쳤다. 아무도 미처 예상하지 못했던 일이었고, 누가 일부러 그렇게 일을 꾸민 것도 아니건만 하늘의 뜻이라도 되는 듯이 회오리바람이 일어난 것이다. 세상 일이 늘 그렇듯이 사단(事端)은 에기지 않은 곳의 엉뚱한 빌미로부터 시작되었다.

회오리

    춘심이 오라비는 영산강 포구의 객줏집을 떠나 미암성 관할로 부지런히 발걸음을 재촉했다. 춘심이 오라비도 긴장하기는 마찬가지였다. 이제 까딱 잘못하면 일가족이 몰살을 당할 판이었다. 춘심이로부터 늙은 종놈의 얘기는 수없이 들어왔다. 힐끗 몇 차례 눈이 마주친 적도 있었는데, 그때마다 뒷골이 송연해질 정도로 오싹했다.

    그래도 별탈 없이만 지나가면 아기가 웅장 성주의 씨앗이니 한밑천 건질 수도 있을 것 같아 기대에 부풀었던 참이다. 그보다도 이미 늙은 종놈으로부터 적잖은 재물의 도움을 받아왔다. 그런데 갑자기 일이 이 지경이 되었으니 입술이 빠삭빠삭 타들어갔다. 요기할 생각도 없이 걸음을 재촉하면서 행여 객줏집에 무슨 일이라도 벌어지지 않았을까 애가 탔다.

    드디어 미암성 성문 근처에 다다랐다. 목적지가 가깝다는 생각에 기운이 되살아났다. 일가족이 몰살을 당하느냐, 아니

냐 하는 생사여탈권(生死與奪權)을 쥐고 있는 당사자를 찾아가고 있는 것이다

"이곳에서 역창 어르신이라고 하면 다 아신다고 해서요?"

춘심이 오라비가 묻는 말에 오히려 상대방이 의아한 눈초리를 보냈다.

"역창 어르신을 찾으신가요?"

"예, 급하게 전할 일이 있어서요."

"역창 어르신에게요?"

"아니고요, 그 댁 집사 어르신에게요."

"저기 저 보이는 대궐 같은 집이 그 댁이오."

행인은 춘심이 오라비를 아래위로 훑어보며 의아해하면서도 염려스럽다는 표정으로 손가락을 들어 가르쳐주고는 사라졌다.

"계세요~!"

육중한 대문 앞에 선 춘심이 오라비는 잠시 주저하다가 대문을 두드리며 기어들어가는 소리로 기척을 내며 불렀다. 잠시 시간을 두고 기다렸다가 다시 두드리며 불렀다.

그러나 안에서는 대문 두드리는 소리는 들릴지언정 "계세요~!" 하고 부르는 춘심이 오라비의 목소리는 들릴 것 같지 않았다. 이윽고 대문의 빗장이 벗겨지는 둔탁한 소리가 들리고 젊은 사내가 고개를 내밀었다.

"어디서 오셨는가요?"

"반남성에서 왔습니다."

젊은 사내는 반남성이라는 말에 궁금해 하는 표정을 지으며 되물었다.

"반남성에서요?"

"예."

"누구를 찾아 오셨는데요?"

"집사 어른을 뵙고 급하게 전해 드릴 것이 있어서요."

춘심이 오라비는 마음이 조급한데, 젊은 사내는 아랑곳하지 않고 추적거렸다. 춘심이 오라비를 위아래로 훑어보던 사내가 다시 입을 열었다.

"누구라고 전해드릴까요?"

"춘심이 객줏집에서 왔다고 전해주시오, 한시가 급하다고 요."

그때서야 젊은 사내는 입속으로 "춘심이…?"라고 뇌까리며 뒤돌아서 안으로 사라졌다. 한참을 지나서 다시 그 사내가 나타났다. 그런데 이번에는 조금 전과는 태도가 사뭇 달랐다.

"안으로 모시라는 집사 어른의 분부가 계셨습니다."

그제서야 춘심이 오라비는 한숨을 내쉬었다. 그리고 사내의 뒤를 따랐다. 이윽고 어느 툇마루에 선 젊은 사내가 예의를 갖추어서 목소리를 냈다.

"집사 어른, 모시고 왔습니다요."

"알았다. 방으로 올라서시도록 해라."

말을 받아든 사내가 눈짓과 손짓으로 춘심이 오라비에게 방으로 들어갈 것을 권했다. 그리고 다시 대답했다.

"예, 집사 어른 그렇게 하겠습니다요."

그리고 다시 집사 어른이 들으라는 듯 되풀이했다.

"손님. 어서 마루로 올라 방으로 들어가시어요. 집사 어른이 기다리고 계십니다."

"예 고맙습니다."

말을 마치고서도 춘심이 오라비는 젊은 사내가 뒤돌아서서 물러갈 때까지 멈칫거리며 사내를 바라보고 있었다. 그런 춘심이 오라비를 사내가 뒤돌아보며 다시 손짓으로 올라가라는 신호를 보내더니 사라졌다.

"집사 어르신 들어가도 되겠습니까?"

춘심이 오라비가 "으흠!" 헛기침을 하고 물어본 다음 마루에 올라 주춤거리며 서 있었다.

"들어오시게."

안에서 차분한 음성이 들려왔다. 그러나 목소리는 카랑카랑했다

"예."

대답을 하고 두 손으로 공손하게 문을 열었다. 문을 열고 들어서던 춘심이 오라비는 한순간 얼어버렸다. 거기에는 꿈속에서나 보았던 저승사자처럼 무표정한 모습에 피골이 상접한 해골 같은 노인이 날카로운 눈빛으로 자신을 빤히 쳐다보고 있

었다.

"이리 앉게."

춘심이 오라비는 얼어붙은 채로 노인이 가리키는 쪽에 주저앉았다

"좋지 않는 일로 온 게로군. 그러나 아무 염려 말고 있는 그대로 말해야 할 것이야, 있는 그대로…. 만약 거짓말을 하게 되면 내 판단이 흐려져서 제대로 대처할 수가 없어. 그러니 모쪼록 알고 있는 사실을 모두 말해주기 바라네. 참, 예까지 오느라 무척 고생했겠군."

"고맙습니다."

"그래 무슨 일인가?"

"반남성 마님이 기어코 알고 말았습니다."

"그렇게 조심하라고 일렀거늘…."

말은 나지막하였으나 얼음처럼 싸늘했다. 춘심이 오라비는 온몸이 오싹했다.

"그래서?"

"반남성 마님의 몸종 복례가 제 누이 춘심이를 성으로 데려갔습니다. 그리고 미암성 마님께서 저에게 서찰을 주시면서 집사 어른 뵙고 전해 올리라고 해서 이렇게 한 시각도 지체하지 않고 찾아왔습니다."

"그럼 미암성 마님은?"

"제가 올 때까지는 객줏집에 계셨습니다."

춘심이 오라비가 건넨 서찰을 받아서 펼쳐본 늙은 집사가
눈으로 읽어 내려가면서 가느다랗게 한숨을 내쉬었다.

"으~음."

집사 어른, 곧 늙은 종놈이 내는 한숨 소리는 쇠를 갉는 신음
소리였다. 한참을 골똘히 생각에 잠겨 있던 집사가 다시 입을
열었다.

"달리 알고 있는 사실은 없더냐?"

"예 저는 단지 그것밖에…."

"그래 고생했다. 그러나 지금 쉬고 말고 할 시간이 없다. 지
금 곧바로 돌아가서 상황을 주시해라. 그러면 나도 곧 뒤따라
가겠다. 어떤 일이 있더라도 아기씨와 미암성 마님은 내가 도
착할 때까지는 무탈해야 할 것이다. 그렇지 않으면 내가 네놈
들의 목숨을 대신 취할 수밖에 없을 것이다. 어쩌면 내가 더 빨
리 도착할지 모르겠다. 우리는 말을 이용하겠다. 가라! 가서 마
님을 지켜드려라. 물론 아기씨도… 그리고 마님께 전해라, 안
심하시라고. 이놈이 끝까지 마님을 보호할 것이라고. 알았으
면 냉큼 떠나거라. 지금까지 베푼 호의를 갚을 기회가 왔느니
라. 알아듣겠느냐?"

"예, 집사 어른."

춘심이 오라비는 어느 사이 늙은 집사의 종놈처럼 되어 버
렸다. 뒷골이 송연할 정도로 늙은 집사는 얼음장같이 차가운
표정으로 첫소리를 토해냈다. 일생을 한이 맺혀 살아온 종놈

신분으로 미암성의 유력한 토호 가문의 집사가 되기까지 수많은 죽음의 고비를 해쳐오며 또 피 맛을 보고 살아왔을 터이니 어찌 그 악귀의 모습을 발견하지 못하리오.

춘심이 오라비를 떠나보낸 늙은 집사는 호위무사 대장을 불러 지시를 내렸다. 지시를 받은 호위무사 대장은 그 길로 흔적도 없이 사라졌다. 그런 다음 따로 수족을 불러 두 번째 지시를 내렸다. 물론 집사의 수족도 고개를 끄덕이며 지시를 듣고 있더니 늙은 집사의 말이 끝나자마자 부리나케 종적을 감추었다. 아주 짧은 시간에 벌어진 일들이었다.

그런 다음 늙은 집사는 천천히 토호 역창의 방문 앞에 섰다.

"주인 어르신, 소인 종놈입니다요."

"그래 웬일인가?"

"긴히 전해 올릴 일이 생겨서요."

"웬만한 일이면 그대가 알아서 처리해도 될 터인데, 굳이 나를 찾아온 걸 보니 뭔가 연유가 있는 모양이군."

"그러니까 이렇게 종놈이 찾아와 뵙습니다."

"일이 무척 다급하기는 한 모양이군."

"그렇습니다요. 언제 종놈이 주인 어르신께 먼저 말씀 올리던가요?"

"그랬었지."

"그런데 이번 일은 종놈의 생사가 걸린 일이 될지도 모르기에 주인 어르신께 하직 인사나 드려둘까 하고요."

"허~허, 일이 아주 다급한 모양이군. 그대가 이렇게 심각한 걸 보니…"

"옳은 말씀이십니다. 제가 언제 제 목숨 걱정하는 일을 주인 어르신께 기억하시도록 한 적이 있었습니까?"

"그러니 하는 말일세. 더욱 까닭이 궁금해지는군."

"이 집안의 일이기에 이 종놈이 그러는 것입니다. 이놈 목숨이야 예전에 이미 주인 어르신께 드렸습니다. 지금 목숨이야 덤으로 살고 있으니 언제라도 어르신께 돌려드릴 작정입니다. 그런데 이제 그때가 오지 않았을까 싶습니다. 제가 너무 오래 산 것 같습니다."

"이것 참, 사단이 나기는 난 것 같구면. 그대 목숨이 필요한 일이 도대체 어떤 일인지 더욱 궁금해지는군."

"지금부터 말씀드릴 테니 어르신께서는 제가 떠나고 난 다음에 뒷일을 잘 처리해 주시기 바랍니다."

"어디 소상히 말해보게."

"지금 반남성 웅장 성주 부인이 성주와 아씨의 관계를 알게 되었다고 합니다. 제가 조심하라고 누누이 일렀습니다만, 발각이 된 것은 모두 제 불찰입니다. 이 종놈 일단 아씨를 안전하게 모신 다음 제 목숨으로 죄를 청할까 하옵니다."

"일단 그대의 의견을 들어보세. 그대가 나선다면야 해결하지 못할 일이 무에 있겠는가! 나는 그대가 있으니 마음 놓고 기다리면 될 테고, 그 계책이나 한 번 들어보세. 그대의 계책

을 들을 때마다 머리끝이 치솟을 정도로 소름이 끼치거든. 이
야기를 듣는다고 내가 무슨 도움이 되랴만, 그래도 혹시 아는
가?"

"이 종놈이 어찌 하늘같이 높고 바다같이 깊으신 어르신의
흉중을 헤아릴 수 있겠습니까? 저는 어르신의 발끝에도 이르
지 못할 만큼 지혜가 없습니다. 제가 말씀은 저의 계획을 들으
시고 꾸지람을 내려주십사 간청을 드리고자 함이옵니다."

"허~허, 우리 집에 천년 묵은 구렁이 한 마리가 똬리를 틀고
있었군. 그대는 언제부터 이곳에 살고 있었던가?"

"아마 이 종놈의 할아버지 때부터인 걸로 알고 있습니다."

"그래… 그래 보았자 불과 백년도 안 됐을 터인데, 천년 묵
은 구렁이 흉내는 어디서 배웠는고?"

"모든 걸 하늘같으신 주인 어르신으로부터 어깨 너머로 배
웠습니다."

"이거 주인이 단단히 잘못 가르쳤군."

"아닙니다, 그분은 이 미암성에서 당할 자가 없습니다."

"그래서 잘못 가르쳤다는 게야. 호랑이 새끼인 줄 알았더니
이제 보니 천년 묵은 구렁이야."

"죽을죄를 졌습니다. 그러나 어차피 주인님의 종놈입니다.
이 세상을 떠나는 그날까지, 아니 어쩌면 저 세상에 가서도 주
인님의 종놈으로 살기를 원합니다."

"지독한 놈, 이미 살아 돌아올 각오는 버렸겠지?"

"이놈이 진작 말씀 올려드렸습니다."

"다시 한 번 묻고 있지 않느냐!"

"예!"

"모녀는 살릴 수 있겠지? 물론 털끝 하나 다치지 않고…."

"물론입니다. 이미 출발시켰고 제가 바로 뒤따라가서 모시겠습니다."

"당연히 그래야지. 네놈이 그동안 제대로 일을 처리하지 못한 거니까."

"예, 지당하신 말씀입니다."

"가라. 바로 출발하라. 필요한 병력은 모두 데려가도 좋다."

"어르신, 마지막으로 한 가지만 여쭙고 떠나고자 합니다."

"그래 무엇이냐?"

"반남성과의 전쟁도 불사할 것입니까?"

"네놈 생각은?"

"그렇습니다."

"그러면 그게 내 생각이라고 생각해."

"역시 주인님이십니다. 제 목은 다녀와서 바치도록 하겠습니다."

"알았다. 그때 받도록 하지. 그런데 그때까지는 고이 간직하고 있다가 가져와야 한다."

"그러고 말고요. 이 목숨은 오직 주인님 것이니까요. 주인님 허락하실 때까지 소중하게 지키겠습니다."

"저 놈의 주둥이… 냉큼 떠나도록 해!"

드디어 늙은 종놈이 징그러운 미소를 지었다. 꾸벅 인사를 하고 토호 역창의 면전에서 물러난 늙은 종놈의 표정이 다시 굳어졌다. 늙은 종놈을 떠나보내는 역창도 역시 표정 하나 변하지 않는다. 두 사람 사이에는 집사라는 직분 따위는 의미가 없어 보였다.

납치

야심한 밤이었다. 밤은 묘해서 낮에 어떤 일이 일어나 법석을 떨더라도 조용히 가라앉게 하는 마력을 지니고 있다. 그래서 밤낮이라고 하는지 몰라도 그것으로 세상이 돌아가는 듯하다.

한 병사가 은밀히 웅장 성주 부인의 처소를 찾았다. 성주 부인 반남성 마님이 병사에게 귓속말을 했다. 그런 다음 병사가 어둠 속으로 사라졌다.

반남성 마님의 처소에 등잔불이 꺼질 때쯤, 반남성 마님의 처소를 찾았던 병사는 옥사(獄舍)에 나타났다. 미암성 마님이 갇혀 있는 옥사였다. 병사가 옥졸들과 귓속말로 무언가 이야기를 하자 옥졸이 옥문을 열고 미암성 마님의 품에 안겨 있는 아기를 빼앗았다.

"반남성 마님의 뜻이더냐?"

항거하며 호통을 치듯 떨려 나오는 목소리는 비록 낮았지만 위엄이 서려 있었다. 병사도 옥졸도 아무 말이 없었다.

"잘 들어라. 이 아기씨는 이곳 성주님의 피붙이라는 것을 명심해라. 후환이 두렵거든 냉큼 손을 거두어라."

그러나 그들은 들은 척도 하지 않았다. 완력으로 아기를 빼앗은 병사가 옥문을 나서자 미친 듯이 몸부림치며 통곡하는 여인의 울음소리가 한밤중의 옥사에 오래도록 울려 퍼졌다.

포대기에 싼 아기를 안은 병사가 말을 달리다가 영산강의 한적한 갈대밭 길에 멈추었다. 달빛이 흐르는 강물에 비쳐 반짝거렸다. 아기는 이제 지쳐 잠들어 있었다. 아기는 엄마의 품에서 강제로 빼앗는 순간부터 이곳에 도착하기 직전까지 자지러질 듯이 울어대는 바람에 병사는 당황하여 어쩔 줄 몰랐다.

아기 울음소리가 들리지 않도록 갖은 애를 다 써도 방법이 없었던 병사는 아기가 제풀에 지쳐 이제 잠들어 버리자 혹시나 싶어 포대기를 들춰보다가 갈대숲에 미리 감춰둔 상자를 꺼냈다. 병사는 아기를 포대기에 산 채로 상자에 담아 강물에 띄우고는 힘껏 밀어 보냈다.

달빛이 아기의 얼굴을 환하게 비추었다. 이따금 아기가 뒤척이는 모습이 병사의 눈에 들어온다. 한참을 물끄러미 강물에 떠내려가는 나무상자를 바라보던 병사가 불현듯 두 손을 모아 합장한다. 아기가 무사하기를 기원하는 것일까?

한참동안 아기가 담긴 상자를 바라보던 병사가 다시 말에 올라타고 왔던 길로 되돌아간다. 간간히 구름이 달빛을 가릴 때마다 강물도 어둠에 묻히곤 했다. 상자는 그런 강물을 따라 흘러갔다. 어디로 가는 줄도 모르는 채.

병사와 옥졸이 아기를 빼앗아가자 옥에 갇혀 있던 미암성 마님은 한동안 울부짖다가 그대로 혼절해 버렸다. 옥졸이 문을 열고 들어가서 얼굴에 물을 뿌리고 물에 적신 천으로 얼굴을 닦으며 한참동안 몸을 흔들고서야 정신이 돌아왔다. 미암성 마님은 넋을 놓은 채 멍하니 앉아 있었고, 시간은 속절없이 흘러갔다.

해가 중천에 이르렀을 때 옥졸이 미암성 마님을 반남성 마님의 처소 앞으로 데려갔다. 모든 것을 체념한 듯 축 쳐져 있는 모습이었다. 안타까운 듯 고개를 돌리던 복례는 순간 의아한 생각이 들었다. 미암성 마님의 품에 안겨 있어야 할 아기가 보이지 않았다.

"이제라도 늦지 않았다. 미암성으로 돌아가겠느냐?"

"마님 먼저 여쭙겠나이다."

"그래 말해 보거라."

"아기는 어찌 됐습니까?"

"먼저 돌아가겠느냐고 묻고 있지 않느냐? 너를 죽일 수도 있었다. 그러나 네가 저지른 일이 아니기에, 또 너도 불쌍한 여인네이기에 너를 살려주려는 것이다. 어린 나이에 남편을 사별하고 시아버지의 뜻을 거역하지 못해 대를 잇고자 저지른 일을 내 어찌 탓이겠느냐? 이래도 내 말뜻을 알아듣지 못하겠느냐? 아무 말 말고 조용히 떠난다면 목숨만은 구할 수 있을 것이다."

"떠나겠습니다. 그러나 제 아기와 함께 떠나게 해주십시오. 마님 이렇게 부탁드리겠습니다."

"그것은 안 될 말! 그 아이는 이곳 성주의 씨이니 미련을 둘 일이 아니다. 뿐만 아니라 불온한 씨앗은 내가 용서할 수 없다. 네 목숨을 구하는 일이나 도모하도록 하라. 그렇지 않으면 너도 죽임을 당할 수밖에 없다. 이곳 성주님은 너를 구해줄 수 있을 만큼 힘이 없다는 사실은 이미 너도 알고 있을 터, 엉뚱한 기대로 아까운 목숨 잃지 말기 바란다."

"마님, 그러면 아기 얼굴이라도 한 번 보고 떠나게 해주십시오."

"말귀를 참 못 알아듣는구나. 살고 싶지 않다는 말이더냐. 저 년을 냉큼 다시 가두어라. 오늘밤에 저 년을 영산강에 수장시켜버릴 것이니라."

미암성 마님은 끌려가면서 한없는 나락(奈落)을 경험했다. 구차한 삶보다는 차라리 죽고 싶었다. 그러나 아무에게도 말하지 못한 비밀이 있었다. 춘심이의 객줏집 안채에서 사는 동안 웅장 성주와의 관계로 두 번째 임신이 되어 있었다. 그러니 뱃속의 아기 때문에 죽을 수도 없었다. 그렇다고 아기의 행방도 모르는 채 떠날 수도 없는 노릇이었다.

미암성 마님은 외롭고 답답하기만 했다. 어떻게 손을 써볼 방법이나 묘안이 떠오르지 않았다. 웅장 성주가 원망스러운 생각이 들기도 했다. 자신의 처지를 아는지 모르는지 그것조차 알 수가 없었다.

복례가 나서주면 좋으련만 반남성 마님의 몸종인 복례가 그랬다간 물고를 당하게 뻔했고, 함부로 성주에게 고할 처지도 못 될 것 같았다. 춘심이 역시 제 의지로 웅장 성주를 만나기는 어려울 것이다. 다만 웅장 성주가 객줏집을 찾아간다면 이런 사실을 알 수 있을 텐데 그것도 기약할 수 없는 현실이었다.

그렇게 침착하던 미암성 마님도 마음이 흔들렸다. 자신은 이미 남편을 잃을 때 죽은 목숨이었다. 그런데 시아버지인 토호 역창의 뜻에 따라 웅장 성주와 관계를 맺게 되고 딸아이를 얻게 되어서 뜻하지 않았던 제2의 인생을 살고 있었다.

그리고 다시 임신을 했다. 이제는 자신만의 생명이 아니었다.

그러니 당연히 마음이 흔들리고 있었다. 이제 미암성 마님이 기댈 곳은 시댁인 역창 어르신밖에 없었다. 아니 집사가 된 늙은 종놈을 더 믿는다는 말이 맞을지도 모른다. 웅장 성주는 설사 이 사실을 알게 되더라도 표독스럽기만 한 반남성 마님을 이겨낼 수 있을지 그것도 의문스러운 일이었다.

대낮에 끌려 나갔던 미암성 마님이 다시 옥사로 들어온 게 언제인지도 몰랐다. 그야말로 비몽사몽의 상태로 옥사에 널브

러져 있었다. 마침내 어둠이 밀려오고 시야를 분별할 수 없을 즈음 무장을 갖춘 한 무리의 사내들이 반남성 담장을 넘었다.

이 무리들은 순식간에 옥사에 잠입하여 칼부림을 했고, 무예에서 비교가 되지 않았기 때문에 반남성 병사들은 맥없이 이들의 칼에 쓰러져 갔다. 칼잡이들의 호위를 받으며 나타난 사내가 옥사로 들어서며 복면을 벗었다. 늙은 종놈이었다. 늙은 종놈과 칼잡이들은 쓰러져 있는 반남성 병사들을 밟고 들어가 옥문을 열었다.

"아씨마님, 늙은 종놈입니다. 종놈이 왔습니다. 이제 안심하십시오!"

미암성 마님의 볼에서 눈물이 주르르 흘렀다. 그 눈물은 비단 고마움의 표시만이 아니었다. 자신의 신세와 삶에 대한 서러움의 표현이기도 했다.

결혼한 지 얼마 되지 않아 남편과 사별하고 대를 잇지 못한 죄스러움으로 죽는 목숨처럼 살고 있을 때 시아버지 역창은 대를 잇고자 자신을 반남성 성주의 품에 들이밀었다. 시아버지는 사내아이가 태어나면 대를 잇게 할 생각이었지만, 딸아이가 태어나는 바람에 시댁을 떠나 객줏집으로 옮길 수밖에 없었다. 친정아버지처럼 생각하라고 했지만, 청상(靑孀)의 며느리가 어떻게 시아버지를 친정아버지처럼 생각할 수 있으랴.

결국은 웅장 성주의 부인에게 발각이 되어 이렇게 옥에 갇히는 신세가 되고, 딸아이마저 뺏겨야 하는 자신의 파란만장

한 삶에 대한 서러움이었다.

"빨리 아씨를 밖으로 모셔라."

늙은 종놈의 약간 쉰 목소리가 들리자 미암성 마님의 정신이 돌아왔다. 저승사자 같은 목소리라고 해도 어울릴 법한 쉿소리였다.

"아기는?"

늙은 종놈을 보자 벌떡 일어나며 물었다.

"아씨마님, 아기씨는 어떻게 되었는데요?"

"저들이 빼앗아갔어."

순간 늙은 종놈의 얼굴에 어두운 그림자가 스쳐갔다. 그리고 칼잡이들이 부축하는 미암성 마님의 모습을 물끄러미 바라보며 잠시 생각에 잠겼다. 그러나 그것은 아주 짧은 순간이었다. 늙은 종놈은 곁에 있던 시종에게 눈짓을 했다. 시종이 밖으로 달려 나가고 뒤따라 마님을 부축한 병사들과 늙은 종놈이 태연하게 옥 밖으로 나왔다.

그때 한 무리의 칼잡이들이 역시 복면을 한 채 들이닥쳤다. 늙은 종놈이 방금 옥사 안에서 눈짓한 시종에게 귓속말을 하자, 합류한 복면의 무리들이 앞장서서 달려가고 늙은 종놈과 시종도 잽싸게 그 뒤를 따랐다.

어수룩하게만 보이던 늙은 종놈의 행동 또한 복면의 무리들에게 조금도 뒤처지지 않는 민첩함을 보였다. 그리고 늙은 종놈과 복면의 무리들은 잠시 후 반남성 마님의 처소에 나타났다. 처소 앞에 나타난 복면의 무리가 칼을 뽑아든 채 사방을 경계하고, 일부는 늙은 종놈의 주위를 에워 쌓고 있었다.

처소 안에서는 바깥의 인기척을 모르는 듯 도란거리는 말소리가 들렸다. 그도 그럴 것이 이들은 순식간에 드리워진 어둠을 뚫고 눈 깜빡할 사이에 들이닥쳐서 소리도 없이 옥졸들을 죽인 다음 미암성 마님을 밖으로 구출해내고 반남성 마님에게로 달려온 것이다.

"마님, 부르심을 받고 왔습니다요."

"………."

안에서는 듣지 못했는지 아무런 기척도 없었다. 그러자 늙은 종놈이 냉큼 대청마루로 올라서는가 싶더니 들고 있던 칼로 문을 두드렸다. 그리고 동시에 저승사자의 목소리 같은 쉿소리로 목소리를 높였다.

"반남성 마님, 소인이올시다."

그제서야 안에서는 이상한 기척을 느꼈는지 방문을 와락 열었다. 방문이 열리자 반남성 마님과 복례의 모습이 보였다. 복면을 한 늙은 종놈이 칼을 들고 마루에 우뚝 서 있는 것을 발견한 반남성 마님과 복례가 동시에 "앗~!" 하고 외마디 비명을 질렀다.

그러자 다음 순간 반남성 마님이 힐책을 했다.

"네놈들은 누구냐? 여기가 감히 어딘 줄 알고 이런 무례를 범하느냐? 냉큼 물러서지 못할까?"

그러나 늙은 종놈은 눈빛 하나 꿈쩍하지 않았다.

"소인 잘 알고 있습지요. 하늘같이 높으신 반남성 성주 마님 처소란 것."

"그것을 아는 놈이 이렇게 한밤중에 칼을 빼들고 방문 앞에 올라서서 무례를 범한단 말이더냐?"

"그거야 마님이 우리 아기씨를 무례하게 빼앗아 갔으니 우리가 이러는 건 당연한 일이겠지요. 마님께서 우리 아기씨만 돌려주신다면야 우리도 여기서 이라고 있을 아무런 이유가 없을 것입니다."

"뭐라고 아기씨라고? 그 아기가 어떤 아기인데 네놈들의 아기란 말이냐? 도대체 네놈들은 어디서 온 놈들이냐?"

"마님, 마님은 생각보다 말귀를 참 못 알아듣는군. 마님과 우리는 아무 상관도 없어요. 우리는 반남성 부하도 아니고요, 매번 이놈 저놈 하는데 이미 이곳을 지키는 병사들은 우리 손에 도륙이 났어요. 나는 생각보다 거칠지요. 다들 나를 보고 저 승사자라고 부르거든요. 만약 마님이 내 말을 거스르겠다면 지금 당장이라도 저승으로 모셔갈 준비가 되어 있으니 제발 고분고분하세요. 저야 아기씨만 내주면 군말 없이 이곳을 떠날 사람입니다. 소리쳐도 소용이 없어요. 우리는 이미 반남성 병사들의 일거수일투족(一擧手一投足)을 낱낱이 꿰고 있으니까 헛수고일 뿐입니다."

"아기는 이미 이곳에 없다. 그러니 그리 알고 물러들 가거

라. 더 이상은 나도 참을 수 없다. 나는 이곳 반남성 성주의 부인이라는 것을 잊지 마라."

"소문에 듣던 대로군. 자, 다시 한 번 묻겠소. 아기를 돌려주시오. 그러면 우리는 조용히 이곳을 떠나겠소. 그 아기씨는 물론 웅장 성주의 혈육이기도 하지만, 우리 주인님의 하나밖에 없는 핏줄임에도 틀림없소. 그러니 부탁하오. 아기씨를 돌려주시오. 그렇지 않으면 지는 마님을 죽일 것이오. 지 때문에 우리 주인댁은 대가 끊겼다오. 그러니 내 심정인들 오죽 답답하겠소. 마님, 우리 아기씨를 돌려주시오. 이렇게 부탁드립니다."

"이미 이곳에 없다고 하지 않았느냐?"

"마님, 그러면 어느 곳에 있는지 가르쳐 주세요. 그러면 우리가 찾아서 모시고 가겠나이다."

"모른다고 하지 않았느냐? 아니 설혹 안다고 할지라도 불온한 씨앗에 대해서는 말할 수 없느니라."

"어째 불온한 씨앗이라고 한단 말이오? 사내대장부가 작은 댁을 둘 수도 있는 일, 이러한 풍습은 오래 전부터 있어 왔는데 왜 마님 혼자서 억지를 부리려 하시오?"

"어쨌든 네놈들과는 더 이상 말을 나누고 싶지 않으니 썩 물러가거라."

"그래 죽지 못해서 안달을 하는 마님을 정중히 저승으로 모셔 드리겠소. 마지막으로 이 저승사자의 얼굴을 보여드리겠소. 저승에 가거든 염라대왕에게 안부나 전하시오."

말을 마친 늙은 종놈이 복면을 벗고 해골 같은 얼굴을 반남성 마님에게 들이밀었다. 순간 여걸이고 강심장이라는 반남성 마님도 흠칫했다. 그러니 곁에 있는 복례는 더 말할 것도 없었다. 늙은 종놈이 입가에 흘리는 비열한 미소에 복례는 혼이 나가 버렸다.

더 이상 구차한 대화가 필요 없다고 여긴 늙은 종놈은 그대로 방안으로 들어섰다. 치켜들었던 칼이 등잔불에 번쩍 섬광을 그리며 그대로 반남성 마님을 내리쳤다. 아주 짧은 순간, 복례는 이미 두 눈을 감았고 함께 온 무리 중에서도 고개를 돌리는 자가 많았다. 그러나 어느 누구 하나 이 늙은 종놈의 미소를 거스를 수는 없었다.

늙은 종놈은 아무렇지도 않는 듯 복례를 향해 말을 던졌다.

"복례라고 했던가?"

복례는 이미 넋이 나가서 자신이 무슨 말을 하는지도 모르고 그냥 부들부들 떨면서 "예!" 하고 짧게 대답했다.

"이미 보았을 터, 복례도 말을 안 들으면 마님처럼 저승으로 모셔다 드릴 터이니 사실대로 말해주시게. 알아들었는가."

"예, 알아들었구먼요. 살려만 주시면 아는 대로 아뢸 것이구먼요."

"그럼 아기씨는 어디에 모셔져 있나?"

"그것이… 그러니께… 지도 분명히 어제 저녁만 해도 마님이 옥에서 아기를 안고 있는 것을 봤당께요. 그런데 오늘 낮에 마님이 혼자 끌려오시기에 지도 이상하게 생각했당께요. 정말이랑께요. 지가 알면 뭐한다고 안 갈켜 주겠남요. 정말이랑께요. 지가 아는 것은 그것밖에 없어요. 목숨만 살려 주시랑께요."

"틀림없는 사실이렷다. 만알 추후에라도 거짓이 밝혀지면 그때라도 나는 꼭 그 대가를 치르는 놈이거든. 그것은 이놈들도 잘 알고 있지."

말을 마치자 늙은 종놈은 몸을 돌려 성큼 마루를 내려서서 반남성 마님의 처소를 나섰다. 이러한 일련의 사건들은 불과 반식경도 되지 않는 짧은 순간에 이루어졌다.

"주인님, 종놈입니다."

"‥‥‥‥."

"말씀 올리겠습니다. 아씨마님 모시고 돌아왔습니다. 이미 목숨은 주인님께 맡겼으니 처분에 따르겠습니다. 아기씨는 모셔오지 못했습니다. 어디로 갔는지 이미 행방이 묘연했습니다. 계속 추적을 지시해놓고 우선 돌아왔습니다. 세상 끝까지라도 찾아낼 것입니다. 기쁜 소식도 있습니다. 아씨마님께 태기가 있으십니다. 지는 그것보다 더 큰 짓을 저지르고 말았습니다. 주인님의 가문을 위해서 마지막이 될지 모르는 일입니다."

"‥‥‥‥."

"죽였더냐?"

"예."

"그 길밖에 없더냐?"

"종놈의 한계이옵니다."

"미친놈, 나라도 그리했을 것이다."

"다음 수순은 이미 계획하고 있을 터… 만약 차질이 있을 경우도 염두에 두고 있을 터….'

"물론입니다. 그래서 이미 지 놈을 주인님께 맡겼습니다요."

"지독한 놈, 언제 떠날 것이냐?"

"당장 오늘밤에 떠날까 하옵니다."

"모래면 소식이 오겠지?"

"그리하겠습니다."

"니 놈의 뜻과 맞지 않으면?"

"아시면서 짓궂게 물으십니까?"

"니 놈이 생각하는 것이 거기까지가 아니니까 하는 말이야."

"이미 알고 계셨습니까?"

"니 놈이 수년 전부터 사병을 늘리는 속셈을 몰라서 승낙하는 줄 알았더냐? 허어 참, 독한 놈."

"주인님은 더 무서운 분이십니다. 모든 것을 꿰뚫고 계시면서 시침을 떼고 계시지 않습니까?"

"이번에도 목숨은 가지고 돌아와야 한다. 내 허락이 있을 때까지 네 놈 목숨은 네 것이 아니다."

"물론입니다. 모래 다시 뵙겠습니다."

"………."

선문답(禪問答), 역창과 늙은 종놈이 주고받은 대화는 간단히 끝났지만 숱한 사연을 담고 있었다.

토호 역창이 영산강 하구 일대의 염전을 장악해서 미암성 관할의 상권을 좌지우지하고 미암성 제일의 재력과 사병을 소유하고 있는 것은 토호 역창의 세상을 꿰뚫어 보는 탁월한 지혜에 기인하는 듯했다.

부창부수(夫唱婦隨)라는 말이 어울리는 표현은 아니지만, 주인을 받드는 늙은 종놈 또한 결코 이에 뒤지지 않았다. 이들은 서로 의논하여 무슨 작전을 세우거나 지시를 내리고 지시를 받는 식은 아닌 것 같았다. 이미 서로 심중(心中)을 꿰뚫어 알고 있는 것 같았다.

이렇게 일단의 병력이 늙은 종놈의 뒤를 따랐고, 늙은 종놈은 홀연히 사라져 갔다. 어쩌면 그들의 행적을 아는 사람은 토호 역창뿐일 것 같았다.

장례
(葬禮)

반남성은 그야말로 벌집을 쑤셔 놓은 듯 난리가 났다.

진상을 파악하고 대책을 세우기 위해 반남성 토호 세력들이 모여 의견을 교환하고 있었다. 한편으로 절차에 따라 장례 준비를 진행하고 있었다. 그야말로 변고(變故)라서 장례 절차도 예사롭지는 않았다.

웅장은 복잡한 머리를 식히기 위해 잠시 토호 세력들이 모여서 의논하는 자리를 벗어나 안으로 들어갔다. 반남성 마님의 몸종인 복례를 만나볼 참이었다. 웅장은 은밀히 복례를 불러 자초지종(自初至終)을 물었다.

"복례는 잘 알고 있을 터, 마님을 해친 놈들이 누구더냐?"

"글쎄요, 확실히는 잘 모르겠고… 모두들 복면을 쓰고 있었당께요."

"그러면 그동안 마님 처소에서는 무슨 일이 있었더냐?"

"미암성 마님이 춘심이 객줏집에서 끌려와… 옥에 갇혀 있었습니다.”

웅장이 듣고 싶어 했던 이야기 중의 하나였다.

“그래서? 마님과 아기는?”

복례는 말을 하면서도 온몸을 부들부들 떨고 말을 더듬거렸다. 웅장은 미암성 마님이 끌려왔다는 말에 우선 두 사람의 행방부터 알고 싶었다.

“저~ 그게요, 분명 마님의 품에 아기씨가 있었고… 함께 옥에 들어갔는데 다음날 마님 앞에 끌려왔을 때는 아기는 없었당께요. 그래서 미암성에서 온 저…작은 마님이 애기를 돌려주면 이곳을 떠나겠다고 애원을 했당께요.”

“웅 그리고…?”

“그리고… 다시 옥에 갇히고 어두워지자 갑자기 어디서 왔는지 복면을 한 괴한들이 들이닥쳤습니다요. 마님에게 애기를 돌려달라고 했는데, 마님이 거절을 하고 역정을 내자 해골처럼 생긴 늙은이가 단숨에 마님을 베어버리고 사라졌습니다요.”

“마님은….?”

“미암성에서… 오신?”

“그래.”

“보지는 않아 잘 모르겠는데… 아마 그 괴한들이 모셔갔는가 봐요.”

웅장은 이제 사건의 윤곽에 대해 짚이는 게 있었다.

분명 자신의 불륜을 알게 된 부인이 미암성 마님과 아이를 잡아와서 옥에 가두고 모녀(母女)를 죽이려 했을 것이고, 이를 알게 된 늙은 종놈이 일을 저질렀을 것이다.

늙은 종놈은 자신의 부인뿐만 아니라 웅장 자신도 죽여 버릴 수 있는 독한 놈이라는 것을 웅장은 누구보다 잘 알고 있었다. 복례의 말이나 현장의 상황으로 파악해 볼 때 미암성 마님은 살아있는 게 분명하지만 아기의 행방은 알 수가 없었다.

우선 아기의 행방을 좇는 일이 급선무였다. 반남성 마님과 옥졸들이 모두 처참하게 살해된 마당에 아기의 행방을 물어볼 곳조차 없다는 사실이 가장 난감한 일이었다.

어쨌거나 미암성 마님이 안전한 장소에서 보호를 받고 있을 것 같아 그나마 안심이 되고, 한 시름 덜게 되어 다행스럽게 느껴졌다. 웅장은 우선 춘심이 객줏집으로 가보면 새로운 정보를 얻을 수 있을지도 모른다는 생각이 들었다.

웅장은 주위의 눈을 피해 혼자 객줏집으로 찾아가서 춘심이를 만났다.

"춘심아, 그동안 무슨 일이 있었더냐?"

"말도 마십시오, 성주님. 모든 것이 발각되어 반남성 마님께서 미암성 마님을 끌고 갔습니다."

"그래서?"

"지가 오라비를 시켜서 미암성 토호 댁에 심부름을 보냈습니다요."

"음…."

웅장은 신음을 삼켰다. 이제 사건의 전말이 손에 잡힐 듯했다.

토호 역창의 늙은 종놈이 춘심이 오라비의 전갈을 받고 미암성 마님과 아기를 구하러 달려왔고, 반남성 마님은 굽힐 줄 모르는 성깔 때문에 결국 죽음을 자초(自招)했던 것이 아닐까 하는 생각이 들었다. 그렇다면 성주의 부인이 성깔을 부린다고 죽일 만큼 중요한 이야기는 무엇이었을까? 아기의 행방에 대한 것은 아니었을까?

어쨌거나 웅장은 사건의 중심인물로서 심사(心事)가 묘했다. 다시금 생각을 정리하고 있을 때, 춘심이가 조심스럽게 말을 건넸다.

"미암성 집사가 성주님이 오실 거라면서 뵙기를 청하며 기다리고 있는데요?"

"뭐, 미암성 집사가?"

웅장은 늙은 종놈이 기다린다는 말에 흠칫 놀랐다. 그러면서 고개를 끄덕거리는 것으로 그러겠다는 뜻을 전했다. 춘심이가 조용히 밖으로 나갔다.

잠시 후에 늙은 종놈이 방으로 들어왔다. 아무렇지도 않다는 듯 무표정한 얼굴이었다. 늙은 종놈은 방에 들어서자 웅장에게 넙죽 예를 올린 다음 앞에 자리를 잡고 앉았다. 뒤따라 들어온 춘심이에게 눈짓을 하여 춘심이가 밖으로 나가자 입을 열었다.

"일이 묘하게 꼬이고 말았습니다. 그럴 의향은 추호도 없었습니다만, 워낙에 마님이 강경해서 일이 그렇게 되고 말았습니다."

웅장이 짐작하던 대료였다.

"성주님, 저는 이미 목숨을 내놓았습니다. 주인님께서는 성주님이 아니라고 하실지라도 일단 성주님께 목숨을 거두어 달라고 청하라는 말씀을 하셨습니다. 그리고는 '네놈이 용서를 받고 살아온다 할지라도 나는 결코 너를 살려두지 않겠다.'고 하신 이 말씀도 함께 아뢰도록 하라고 명령하셨습니다."

웅장은 무슨 말을 해야 할지 난감했다.

일단 말꼬리를 피했다. 자신이 용서하고 자시고 할 처지가 아니었다. 용서하지 못하겠다고 한다면 이 늙은 종놈은 자신도 단칼에 베어 버릴지 모를 놈이었다. 입으로는 용서니 뭐니 나불거리지만 늙은 종놈은 분명 자신의 주인 말고는 그 누구의 지시도 따르지 않을 놈이었다. 다음에 무엇을 요구할지가 더 두려웠다. 웅장은 이놈만큼은 결코 적으로 만들어서는 안 된다는 것을 누구보다도 잘 알고 있었다.

"집사, 미암성 마님은 무사하신가?"

"역시 성주님이십니다. 고맙습니다. 마님께서도 이런 성주님의 말씀을 전해 들으시면 눈물을 흘리시며 감격하실 것입니다. 제가 이런 성주님의 마음을 헤아려 무사히 모시고 있습니다. 안심하시옵소서.”

“음….”

웅장이 가느다랗게 신음소리를 냈다. 안도의 의미였다.

“하옵고 성주님 기쁜 소식이옵니다. 미암성 마님이 태기가
계십니다.”

“뭐~라~고?”

“하온데 호사다마(好事多魔)라고 아기씨의 행방이 묘연합니
다. 반남성 마님께서 밝히기를 거부하시는 바람에 알아낼 수
가 없었습니다. 하옵고 주인님은 성주님께 ‘이 일을 어떻게 수
습하려고 하시는지?’ 여쭙고 하명을 청하라고 하셨습니다.”

“역창 어르신이 그리 말씀하시던가?”

“예 주인님의 의중이 그렇습니다. 덧붙이자면 ‘네가 저지른
일에 대해 네 목을 드리고 오너라. 성주님의 아픔이 네 모가지
100개로도 부족할 터이다.’라고 꾸중도 하셨습니다. 아니 꾸중
이 아니라 불같이 노하셨습니다.”

이놈의 언변은 예나 지금이나 변함이 없었다. 웅장은 뭐라
고 대꾸할 말을 잃고 재차 신음만 토했다.

“으~음.”

늙은 종놈이 웅장의 눈치를 살피며 다시 입을 열었다.

“성주님, 제 계책을 한 번 들어 보시렵니까?”

도대체 이놈의 의중은 알 수가 없었다. 웅장은 늙은 종놈의
요설에 넋이 나가 고개를 끄덕였다. 그러자 이놈은 무릎걸음

으로 다가오더니 웅장의 턱밑에 그 징그러운 얼굴을 들이밀며 다그치듯이 말했다.

"성주님, 이제 우리 주인님의 사위가 되시는 것은 어떨까요? 미암성 마님과 정식으로 혼인을 하는 겁니다. 이제 거추장스런 반남성 마님도 안 계시니 성주님께서 결정만 하시면 일은 일사천리(一瀉千里)로 진행됩니다. 성주님은 반남성에서 손꼽히는 토호의 사위이면서 미암성에서 손꼽히는 토호의 사위가 되는 것입니다."

"집사는 무슨 말을 하고 있는 건가?"

"어째 구미가 당기십니까? 모든 것을 이놈에게 맡겨주시면 한 치의 오차도 없이 진행하겠습니다. 그래야만 제가 돌아가서 주인님께 모가지를 건져낼 수 있습니다. 이것이 유일한 살길입니다. 성주님께서 이놈을 우리 주인님으로부터 살려내는 유일한 방법입니다."

"음…."

웅장은 넋이 빠져버렸다. 자신의 부인을 베어죽인 놈의 입에서 나오는 저 거침없는 말에 기가 찼다. 그러나 독설(毒舌)이고 요설(饒舌)일지언정 듣고 보면 구구절절(句句節節) 틀린 말은 아니다 싶었다.

"성주님께도 전에 말씀드렸듯이 삼월이년이 우리 주인댁의 대를 끊겠다는 저주를 남기고 영산강 물귀신이 되었습니다. 그랬는데 신기하게도 작은 주인님이 요절하고 말았습니다. 아씨마님께서 주인님 댁과 성주님의 대를 잇게 해드릴 때까지만 제 목숨을 빌려 주십시오. 이미 성주님께 드린 목숨 거두어 가시는 것을 그때까지만 유보해 주십사 하는 말씀입니다. 성주님은 저의 작은 주인님이나 마찬가지로 저의 주인님이십니다."

도대체 이놈의 요설은 그칠 줄을 몰랐다. 웅장은 드디어 늙은 종놈에게 두 손을 들고 말꼬리를 내렸다.

"하여튼 시간을 좀 두고 보세."

"감사합니다. 역시 성주님은 마한 제일의 인물이십니다."